Die drei !!!

Die drei !!!

GEISTER STUNDE

Das Krimi-Gruselbuch mit den drei !!!

Erzählt von Anne Scheller, Jule Ambach,
Kari Erlhoff und Kirsten Vogel

Mit Illustrationen von Andrea Jansen

KOSMOS

Umschlaggestaltung: Nakischa Scheibe unter Verwendung von Illustrationen von Andrea Jansen
Bildverzeichnis:
Shutterstock: Fledermäuse 1 (S. 5, 39, 54, 70, 86, 96, 135, 143, 156, 157, 175, 201, 214), Ellika; Bäume (S. 28, 41, 60, 74, 90, 106, 125, 166, 197) Dualororua; Krähe (Cover, S. 22, 107, 120, 164, 181, 209) Gallinago_media; Katze (S. 9, 23, 56, 62, 71, 83, 136, 144, 147, 217) Miceking; Spinnen 1 (SS. 32, 40, 64, 165, 216) Chereliss, Kürbis (Cover, S. 42, 78, 105, 139, 171, 222) Studio Barcelona; Hexe (S. 21, 79, 145, 146, 176) agrino; Hexenhut (S. 25, 73, 95, 142, 177, 178, 186) Irina Qiwi; Kessel, Grabstein (S. 10, 29, 38, 85, 119, 159, 208) newelle; Friedhof (S. 5, 18, 19) Klara Viskova; Blumen (S. 24, 36, 37, 46, 47, 52, 53, 69, 77) Chipmunk131; Vögel (S. 5, 10, 31, 51, 75, 118, 131, 188) lilac; Kuchen (S.13, 27, 150) ORLY Design; Torte (S. 7, 12, 20, 26) vallustrationstudio; Kristallkugel (S.30, 50) johavel; Kerzenleuchter (S. 17, 30, 45, 199, 221) EugeneEx; Kerze (S. 15, 141, 174) Liana Nagieva; Moorlandschaft (S. 93, 102, 103, 104, 114, 115, 126, 127) Yuliya_vector; Libelle und Gräser (S. 93, 100, 101, 108, 109, 114, 122, 123, 133, 136, 192, 205) paranormal; Laterne (S.88, 104, 124) CosmoVector; alte Frau (S. 207) majivecka; Kuh (S. 113, 130) Hunter Leader; Pferd (S. 116) Naurider; Vampir (S. 153, 168, 180) Black Creator 24; Blut (S. 162, 163, 172, 173, 180) Tartila; Schlüssel (S. 152, 161) Arcady; Herz (S. 154, 158) Robert Biedermann; Hütte (S. 55, 72, 129) Jacky Co; Mond und Sterne (S. 51, 81, 183, 204) Merry EVM; Herrenhaus (S. 187, 196, 212, 218) Bakemon; Maus (S.191, 194, 223) Alesikka; Schriftrolle (S. 219) Magicleaf
Freepik: Gespenst (Cover, S. 3, 49, 66, 149, 220); Spinnennetz, Fledermäuse 2, Spinne 2 und Augen (S. 11f., Cover, S. 3, 7, 48, 87, 137, 140, 167, 179, 195) callmetak; Schloss (Cover), kjpargeter; Tanne (Cover, S.7, 16, 51, 80, 99, 117, 132, 190, 213); Gras (Cover, S. 51, 73, 76, 91, 92, 94, 95, 112, 137, 184, 185, 202, 203, 222, 223), pikisuperstar

Innenillustrationen: Andrea Jansen

Unser gesamtes lieferbares Programm und viele weitere Informationen zu unseren Büchern, Spielen, Experimentierkästen, Aktivitäten, Autorinnen und Autoren findest du unter **kosmos.de**

MIX
Papier aus verantwortungsvollen Quellen
FSC® C014138
FSC www.fsc.org

Gedruckt auf chlorfrei gebleichtem Papier

ISBN 978-3-440-17594-1
Redaktion: Nina Seitz, Nadja Fendrich
Layout: Nakischa Scheibe
Satz: Satzwerk Huber, Germering
Produktion: Alicia Kaufmann
Druck und Bindung: Finidr, s.r.o, Český Těšín
Printed in the Czech Republic / Imprimé en République tchèque

BOTSCHAFT DER TO(R)TEN 7
erzählt von Anne Scheller

MITTSOMMERSPUK 51
erzählt von Kari Erlhoff

IRRLICHTER IM FINSTERMOOR 93
erzählt von Jule Ambach

DER DOPPELTE VAMPIR 137
erzählt von Kirsten Vogel

BLUTMOND 181
erzählt von Anne Scheller

BOTSCHAFT
DER
TO(R)TEN

Endlich Frühling, und dann auch noch Samstag!«, jubelte Franziska Winkler, genannt Franzi. Sie breitete die Arme aus, hielt das Gesicht in die Sonne und drehte sich einmal um sich selbst. »Ist das nicht ein herrlicher Tag heute?«

Ihre Freundinnen Marie Grevenbroich und Kim Jülich nickten. Die drei Mädchen hatten sich gerade getroffen und ihre Fahrräder abgeschlossen. Vor ihnen ragte eine hohe, alte Mauer auf, von Efeu überwuchert und mit Moos bewachsen. Dahinter reckten uralte Bäume ihre Zweige in den blauen Himmel. Ein kleiner Vogel zwitscherte ihnen von der Mauerkrone aus zu.

»Na, Kleiner, singst du uns ein Lied?«, fragte Marie. Sie sang ebenfalls gern, außerdem liebte sie tanzen und schauspielern. Prompt begann sie, mit dem kleinen Vogel mitzusummen.

Kim lachte. »Jetzt ist keine Zeit für einen Auftritt. Wir haben zu tun!« Sie nahm ihr Tagebuch aus dem Rucksack. Franzi holte ihr Handy hervor. Dann gingen die beiden auf das verschnörkelte Tor in der Mauer zu.

Marie folgte ihnen. »Alter Friedhof«, las sie von einem Schild ab. Da strahlte die Sonne vom Himmel und es war zum ersten Mal in diesem Frühjahr warm – und sie gingen ausgerechnet auf einen Friedhof! Marie schüttelte sich.

Franzi schien Maries Gedanken gelesen zu haben und hakte sich bei ihr ein. »Du wirst sehen, der alte Friedhof ist ein wunderschöner Ort, ein Stück Natur mitten in der Stadt«, sagte sie. »Für mein Bio-Projekt möchte ich die Tiere und Pflanzen, die hier leben, fotografieren und vorstellen. Seht nur, Anemonen und Narzissen!« Franzi kniete sich hin und fotografierte einen Teppich aus weißen und gelben Blüten. Direkt dahinter erhob sich eine verwitterte Statue mit Engelsflügeln. Links und rechts gingen Wege ab, die zu alten Gruften, schiefen Grabsteinen und verwilderten Gräbern führten. Das Ganze wurde von uralten Bäumen überragt, die ihre kahlen Äste wie Arme zum Himmel streckten. Ein Windhauch zog über die Mädchen hinweg und Marie fröstelte.

»Der Friedhof hat eine ganz besondere Stimmung«, fand Kim und sah sich um. »Das Rascheln des Windes in den Zweigen ... sind das vielleicht die Stimmen der Verstorbenen? Oh, das muss ich aufschreiben!« Sie setzte sich auf die nächste Bank und begann, wie besessen in ihr Tagebuch zu kritzeln. Kim schrieb wahnsinnig gerne Geschichten.

Während Kim schrieb und Franzi fotografierte, wanderte Marie die Wege entlang. Sie las die Namen und Jahreszahlen auf den Grabsteinen. Manche Menschen hatten sehr altmodische Namen, aber sie fand auch eine Marie, die erstaunliche 99 Jahre alt geworden war. Der alte Friedhof war wirklich ein besonderer Ort mit einer ganz eigenen, verwunschenen Stimmung.

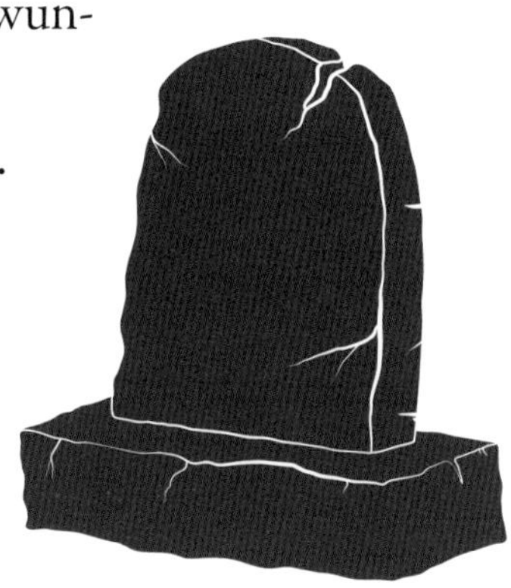

Marie kehrte zu ihren Freundinnen zurück. Kim schrieb immer noch und Franzi fotografierte ein Rotkehlchen, das auf einem Steingefäß hockte.

»Was ist denn das?«, fragte Marie.

»Ein Rotkehlchen«, erwiderte Franzi.

Marie kicherte und der kleine Vogel flog davon. »Das weiß ich. Ich meinte das Ding, auf dem es saß. Sieht aus wie ein Fußballpokal mit Sahnehaube.«

Nun war es an Franzi loszukichern. »Mmmh, wo du gerade von Sahne sprichst ... Sollen wir zu mir fahren? Meine Mut-

ter gibt heute einen Tortenkurs. Da gibt es immer jede Menge Reste.«
Marie und auch Kim waren begeistert. Franzis Mutter konnte einfach fabelhaft backen! Sie liefen zum Ausgang und machten sich auf den Weg.

Franzis Mutter betrieb auf dem Hof der Winklers ein gemütliches Café und einen Tortenlieferservice. Außerdem gab sie Kurse, in denen sie begeisterten Bäckerinnen und Bäckern ihre süßen Tricks beibrachte. Als die drei Freundinnen auf den Hof kamen, war der heutige Kurs im Gewächshaus-Café gerade zu Ende.
»Dürfen wir reinkommen?«, fragte Franzi vorsichtig.
»Kim, Franzi, Marie, hallo!« Frau Winkler winkte. Ihre Schürze war fleckig und in ihrem Gesicht klebte etwas Mehl. Sie sah müde aus, lächelte aber. »Seht euch nur die fantastischen Kreationen meiner Teilnehmer an!«
Während die Tortenbäcker aufräumten, bestaunten die Freundinnen Torten in den verrücktesten Formen: eine Vulkaninsel, einen Schulranzen, einen Grabstein, ein Clownsgesicht und noch viel mehr.

»Das sind ja echte Kunstwerke!«, meinte Marie. »Der Grabstein sieht aus wie direkt vom alten Friedhof.«

»Das … ist meine Torte«, sagte eine Frau, die in wallende, leuchtend bunte Gewänder gekleidet war. Sie sprach leise und ein wenig, als würde sie singen. Außerdem machte sie dauernd bedeutungsvolle Pausen. »Sieht sie nicht … *tödlich gut* aus?«

»Oh, äh, klar«, murmelte Marie und drehte sich schnell zu ihren Freundinnen. Die unterhielten sich mit einem netten älteren Herrn, der eine ganz natürlich aussehende Insel erschaffen hatte.

»Die Lava im Vulkankrater ist ein Püree aus Blutorangen«, erklärte er gerade.

»*Blut* … der Saft Lebens …«, singsangte die bunte Frau.

Kim und Franzi sahen sie verwirrt an. Marie presste sich die Hand auf den Mund, um nicht laut loszulachen. Die Frau schniefte beleidigt und ging davon, um mit Frau Winkler zu sprechen.

»Ihr dürft Elisa Domingo nicht zu ernst nehmen, sie ist immer so«, erklärte der ältere Herr lächelnd. Er trug einen schlichten grauen Anzug und dazu eine Krawatte mit gelben Enten drauf. Marie mochte ihn sofort. »Ich heiße übrigens Oskar Mund und ihr müsst die drei !!! sein. Frau Winkler hat von euren Ermittlungserfolgen erzählt. Ich bin beeindruckt!«

Kim, Franzi und Marie freuten sich über das Lob. Ja, sie waren Detektivinnen und lösten immer wieder knifflige Kriminalfälle. Ihre Eltern waren davon leider oft nicht so begeistert, sondern machten sich Sorgen.
Herr Mund, Frau Domingo und die drei !!! halfen Frau Winkler beim Aufräumen. Sie stellten den Geschirrspüler in der Backstube an und trugen die Kuchenreste in die Küche der Winklers. Dann verabschiedeten sich die beiden Backschüler. Die Mädchen und Frau Winkler setzten sich um den alten Bauerntisch und ließen sich die süßen Reste schmecken.
Als Franzi eine Tortenplatte beiseiteschob, fiel ihr ein knallroter Briefumschlag in die Hände. »Hier ist ein Brief an dich, Mama«, sagte sie.
Frau Winkler trank einen Schluck Kaffee. »Oh, der ist von Elisa. Sie war schon öfter hier und ist total begeistert von meinen Torten. Vermutlich will sie mir nur für den Kurs danken.« Franzis Mutter gähnte herzhaft. »Lies mir den Brief vor, ja?«
Franzi öffnete den Umschlag. Darin steckte eine schwarze Karte, beschrieben mit knallroter Tinte. Kim und Marie rückten dicht neben Franzi, um mitzulesen, während sie vorlas:
»Liebe Elke! Danke für einen wunderbaren Tag. Deine Rezepte sind wirklich zum *Sterben* gut! Bis bald in dieser Welt oder der nächsten, deine Elisa.«
Marie kicherte. Kim deutete auf den Rand der Karte und sagte: »Da steht noch etwas: PS: Melde dich bei mir, Elke. Es

ist *dringend*! Ich habe etwas *gesehen*!« Franzi sah ihre Mutter verwundert an. »Was meint sie damit?«
Frau Winkler schmunzelte. »Ihr habt sicher schon gemerkt, dass Elisa Domingo etwas spezielle Vorstellungen hat«, sagte sie. »Sie glaubt, sie kann mit Toten sprechen und Botschaften aus dem Jenseits bekommen. Angeblich hat ein vor 200 Jahren verstorbener Tortenbäcker vom Wiener Kaiserhof ihr geraten, ihre heutige Torte mit Vanillearoma zu verfeinern. Na, das hätte ich ihr auch sagen können!«
Kim, Franzi und Marie prusteten los.

Frau Winkler war erschöpft und wollte sich hinlegen. Die drei !!! gingen zum alten Pferdeschuppen, wo ihr Treffpunkt war: das gemütliche Hauptquartier mit Bollerofen, einem alten Computer, gestreiften Teppichen und Gardinen und als Highlight eine urige Pferdekutsche.
Marie zückte sofort ihr Handy und tippte etwas ein.
»Was machst du?«, fragte Kim.
»Ich suche im Internet nach den Stichworten: Botschaften aus dem Jenseits«, erwiderte Marie. »Ich weiß nämlich nicht

genau, was ich davon halten soll.« Sie wischte über den Bildschirm. »Ah, hier: Viele Menschen glauben, dass Verstorbene nach dem Tod weiterleben, zum Beispiel im Himmel oder im Paradies. Diesen Ort nennt man auch das Jenseits. Einige wenige sind sogar der Ansicht, dass die Toten von dort Nachrichten in die Welt der Lebenden schicken können.«

»Ja, und wie? Per Chat oder was?«, fragte Kim.

Marie grinste. »Nein, so nicht. Meist sprechen die Toten wohl mit besonderen Menschen, die man Medium nennt. Das Medium gibt die Botschaften weiter.«

»Aber das ist nicht wissenschaftlich bewiesen, richtig?«, wollte Franzi wissen.

»Natürlich nicht!«, rief Kim. »Das ist alles nur Quatsch!«

Marie sagte nichts. Eigentlich wollte sie auch nicht daran glauben, aber sie war nicht ganz so sicher wie Kim. »Es wäre auf jeden Fall praktisch bei unseren Ermittlungen«, sagte sie. »Vom Himmel aus kann man doch alles sehen, was auf der Erde passiert. Da müssten uns die Verstorbenen doch nur sagen, wer der Täter oder die Täterin ist, und schon ist der Fall gelöst.«

Franzi grinste. »Beim nächsten Fall nehmen wir Frau Domingo als viertes Ausrufezeichen in den Detektiv-Club auf.«

»Och nö!«, sagte Marie sofort, und Kim schüttelte den Kopf.

Bald schon war es Zeit für Kim und Marie, nach Hause zu fahren. Auf dem Hof verabschiedete Franzi die beiden und holte dann ihr Pony Tinka von der Koppel. Am Stall stolperte sie über einen herumliegenden Hufkratzer und fiel beinahe hin. Seltsam, wo kam der denn her? Wollte ihr ein Verstorbener damit irgendetwas sagen? »Ja, dass ich öfter mal aufräumen sollte!«, sagte Franzi laut und brachte Tinka in ihre Box. Zurück im Haus warf Franzi ihre Schuhe schwungvoll auf den Stapel im Flur. Bei den Winklers ging es immer etwas chaotisch zu. Sofort lief Franzi in die Küche, in der es köstlich nach Pfannkuchen duftete. Herr Winkler, ein Tierarzt, stand am Herd. Franzis große Schwester Chrissie deckte den Tisch. Auch ihr Bruder Stefan saß mit seiner Freundin Britt auf der Eckbank. Er hielt Baby Leni im Arm und kitzelte es, woraufhin die Kleine glucksend lachte.

»Hallo, Franzi!« Ihr Vater winkte mit dem Pfannenwender. »Das Essen ist fast fertig. Holst du deine Mutter? Ich glaube, sie liegt auf dem Sofa.«

Franzi ging ins dunkle Wohnzimmer. »Mama?«

»Mmmmh«, machte Frau Winkler.

Im schwachen Licht, das aus dem Flur hereinschien, konnte Franzi sehen, wie sich ihre Mutter aufrichtete. Franzi flüsterte: »Oh, hast du geschlafen? Tut mir leid.«

»Kein Problem, ich war sowieso wach.« Frau Winkler stöhnte und hielt sich den Bauch. »Mir ist leider ziemlich übel. Ich habe wohl zu viel rohen Teig genascht.«

»Arme Mama!« Franzi setzte sich zu ihr auf das Sofa. »Soll ich dir einen Fencheltee kochen?«

»Lass nur, Schatz. Ich glaube, ich kann gerade nichts bei mir behalten.« Stöhnend verschwand Frau Winkler im Badezimmer. Franzi stand ebenfalls auf und lief Richtung Küche. Genau in dem Moment, als sie an der Badezimmertür vorbeikam, kreischte ihre Mutter auf.
»Franzi, lass den Quatsch! Mach das Licht wieder an!«, rief sie von drinnen.
»Hä? Ich hab nichts gemacht!«, rief Franzi zurück.
»Ich sitze hier im Stockdunkeln! Jemand hat das Licht ausgeknipst!«
Franzi blickte zum Lichtschalter, der außen im Flur war. Sie hatte ihn wirklich nicht berührt, aber jetzt drückte sie zweimal darauf.
Frau Winkler seufzte. »Das Licht ist wieder an. Tut mir leid, Franzi.«
»War bestimmt nur ein Wackelkontakt oder die Birne ist kaputt«, sagte Franzi.
Von drinnen hörte sie leise die Stimme ihrer Mutter: »Oder es spukt.«

Einige Tage später trafen sich die drei !!! wieder einmal in ihrem Hauptquartier. Franzi zeigte den Freundinnen die Fotos für ihr Biologie-Projekt, die sie auf dem alten Friedhof geschossen hatte. Sie hatte die Bilder zugeschnitten, mit weißen Rahmen versehen und mit Namen beschriftet.

»Du kriegst bestimmt eine super Note!«, sagte Marie begeistert.

Kim las den Freundinnen die Gruselgeschichte vor, die sie auf dem Friedhof geschrieben hatte.

»Superspannend!«, sagte Marie zum Schluss. »Nur ich habe auf dem Friedhof nichts Kreatives gemacht. Ich habe einfach nur die besondere Stimmung aufgesogen.«

»Das ist genauso toll«, fand Franzi. Draußen brummte es und Franzi sah aus dem Fenster. »Ein fremdes Auto fährt auf den Hof. Komisch, das Café hat doch montags geschlossen! Kommt, wir sehen mal nach.«

Kim, Franzi und Marie liefen nach draußen. Das Auto rollte an ihnen vorbei und sofort erkannten sie die Fahrerin. Franzi verzog das Gesicht. »Es ist Elisa Domingo. Was die wohl will? Ich sag mal besser Mama Bescheid.« Sie rannte ins Haus und kam kurz darauf mit ihrer Mutter zurück, die sofort von Elisa Domingo umarmt wurde.

»Elke, meine liebe Elke!« Die bunte Frau sprach wieder leise, singend und mit vielen Pausen. »Elke, ich … ich musste dich einfach sehen. Es ist … eine Frage von Sein oder Nichtsein.«

»Tag, Elisa.« Frau Winkler lächelte, aber Franzi sah, dass sie ein wenig genervt war. »Ach, und Nita ist auch dabei. Willkommen!«

Erst jetzt bemerkten die drei !!!, dass ein Mädchen, etwas jünger als sie selbst, auf dem Rücksitz saß. Langsam stieg es aus. Im Vergleich zu ihrer Mutter mit ihren bunten, wallenden Gewändern sah Nita in Jeans und T-Shirt total normal aus.

»Ja, das ist meine Kleine«, säuselte Frau Domingo. Sie drehte sich zu Kim, Franzi und Marie und ihre langen Ohrringe dingelten. »Wollt ihr spielen gehen, Mädchen? Wir Frauen haben etwas … *Lebenswichtiges* zu klären.«

Kim, Franzi und Marie nahmen Nita mit in ihr Hauptquartier.

»Cool hier!«, sagte Nita, die schüchtern war und nicht viel redete. »Ist das da eine Pferdekutsche?«

Franzi nickte. »Die steht schon ewig auf dem Hof.«

»Franzi hat auch ein echtes Pferd«, sagte Kim.

Nitas Augen leuchteten. »Wirklich?«

Franzi nickte. »Eine Stute, sie heißt Tinka. Willst du sie sehen?«

Nita wollte unbedingt. Sie war begeistert von Tinka und streichelte das braune Pony aus-

giebig. Dann zeigten die drei !!! ihr auch noch das Huhn Polly und Sherlie, den Hund der Familie. Nita liebte Tiere und fand sie alle toll. Nach einer Weile gingen die vier Mädchen zurück ins Haus.

Frau Winkler und Nitas Mutter saßen am Küchentisch. Beide hatten einen dampfenden Becher Tee vor sich. Auch eine Platte mit Keksen stand bereit, aber Elisa Domingo war viel zu sehr mit Reden beschäftigt, um zu essen, und Franzis Mutter knabberte nur an ihrem Keks. Die vier Mädchen setzten sich und zogen den Plätzchenteller näher zu sich heran.

»Und dann … zogen Wolken auf, liebe Elke, *dunkle* Wolken«, säuselte Elisa Domingo bedeutungsvoll. »Sie umgeben deine Aura. Es hat irgendetwas mit … deinem Café zu tun. Liebe Elke, du schwebst in … *Gefahr*!«

Franzis Mutter schlürfte von ihrem Tee. »Und was für eine Gefahr soll das sein?«, fragte sie ganz praktisch.

Frau Domingo stöhnte und bedeckte ihre Augen mit den Händen, als könnte sie die Wahrheit nicht ertragen. »Frage mich nicht! Aber deine Zukunft, Elke … sie sieht *düster* aus. Das findet auch die liebe … Leonore.«

Franzis Mutter stellte mit einem Plonk ihre Teetasse ab. »Welche Leonore?«, fragte sie.

»Deine liebe Großmama! Sie spürt es, so wie ich … der *Schatten* … er kommt näher!«

Frau Winkler schüttelte den Kopf. »Ach, Elisa!«, sagt sie. »Heute scheint so schön die Sonne. Da will ich mich nicht vor irgendwelchen Schatten fürchten!« Sie wechselte das Thema und kurz darauf verabschiedeten sich Nita und ihre Mutter.

»Du meine Güte!«, sagte Kim grinsend, als die Domingos das Haus verlassen hatten. »Die Frau denkt sich vielleicht ein Zeug aus! Wenn ich so eine Fantasie hätte, wäre mein nächster Krimi ein Kinderspiel.«

Franzi kicherte. Marie bedeckte ihre Augen mit den Händen, so wie Elisa Domingo es getan hatte, und säuselte übertrieben: »Ich sehe … *Dunkelheit*. Kein Wunder, meine Augen sind ja auch … *geschlossen*!«

Kim und Franzi brachen in schallendes Gelächter aus und auch Frau Winkler stimmte mit ein. Dann wurde sie ernst. »Ach, Mädchen, lachen tut so gut! Elisa hat mir schon einen kleinen Schrecken eingejagt. Ihr Gerede von dunklen Wolken und Gefahr, ich weiß nicht, so etwas kann jeder. Aber woher kannte sie den Namen meiner Großmutter?«

Franzi riss die Augen auf. »Meinte sie mit Leonore etwa Uroma Lore? Von der hängt doch dieses Foto im Wohnzimmer, an der Wand mit den hundert

anderen uralten Großonkeln und Urururtanten. Ich glaube, da ist sie ungefähr so alt wie ich und hat lange geflochtene Zöpfe. Ich dachte immer, ihr richtiger Name wäre Hannelore.«

Frau Winkler trug die Teetassen zur Spüle. »Stimmt, Lore ist wirklich meistens die Abkürzung für Hannelore. Aber meine Großmutter, deine Uroma, hieß Leonore. Der Name ist ziemlich selten. Ich möchte bloß wissen, woher Elisa ihn kannte.«

»Von den Toten?«, fragte Marie. Sie wollte eigentlich einen Witz machen, aber es gelang ihr nicht ganz, ihre Stimme klang etwas zu ernst. Irgendwie gab ihr diese Elisa Domingo ein ungutes Gefühl.

Einen Moment lang schwiegen alle. Dann sagte Kim laut: »Nee, echt nicht! So etwas kann nur ausgedacht sein.«

Franzi sah ihre Mutter an. »Hat Elisa Domingo denn wenigstens verraten, was sie Gefährliches gesehen hat?«

»Nicht so richtig«, erwiderte Frau Winkler, während sie Teetassen und Kanne in die Spülmaschine räumte. »Ihr habt ja gehört, es soll irgendetwas mit meinem Café und dem Tortenservice zu tun haben. Angeblich geht etwas Schlimmes vor sich.«

»Aber was?«, fragte Kim. »Mir sind die Verstorbenen viel zu ungenau. Was nützt eine Warnung, wenn man nicht weiß, worauf man aufpassen soll? Das würde eine liebe Uroma doch nicht tun.«

»Stimmt allerdings«, meinte Franzi und Marie nickte. Der Gedanke klang wirklich vernünftig.
Frau Winkler nahm die übrigen Kekse und legte sie in eine Dose. »Elisa war ein bisschen schwer zu verstehen, aber ... sie ist überzeugt, dass sie mir etwas Wichtiges von Uroma Lore ausrichten soll: nämlich, dass in meiner Cappuccino-Mandel-Torte etwas grob gemahlener Kaffee fehlt. So bekäme sie mehr Aroma und Biss. Die Torte ist mein Bestseller, ich verkaufe sie am häufigsten.«
Franzi zuckte mit den Schultern. »Wenn du mich fragst, ist das ein super Tipp für noch mehr Erfolg und keine dunkle Wolke, die deine Zukunft verdüstert.«
Da mussten alle lachen. Frau Winkler schob die Keksdose in einen Küchenschrank und klappte ihn geräuschvoll zu. »Mir reicht's, ich geh backen«, sagte sie.

Nach der Schule Treffen im Hauptquartier! Dringend!

Diese Nachricht schrieb Franzi am nächsten Morgen früh um halb sieben an ihre Freundinnen. Da die Mädchen nicht dieselben Klassen besuchten, konnten sie erst mittags in Ruhe besprechen, was passiert war. Gespannt radelten Kim und Marie gleich nach dem Unterricht zum Hof der Winklers.

Franzi, die schon früher Schluss gehabt hatte, tigerte aufgeregt im Pferdeschuppen hin und her. »Da seid ihr ja endlich!«, rief sie anstelle einer Begrüßung.

Marie drückte ihre Freundin. »Was ist los?«, fragte sie ernst.

Kim ließ sich aufs Sofa sinken und biss sich auf die Fingernägel.

»Es war das Foto«, verkündete Franzi unheilvoll.

»Wie bitte?« Kim stand auf.

»Das Foto von Uroma Lore, das mit den langen Zöpfen«, erzählte Franzi weiter. »Heute früh hing es umgedreht an der Wand!«

»Uuund?«, fragte Kim gedehnt.

»Nichts und! Ist das nicht unglaublich genug?«

Kim atmete tief aus. »Mensch, Franzi, du hast uns vielleicht einen Schrecken eingejagt! Ich dachte mindestens, dass Tinka lahmt oder du nicht mehr bei den drei !!! mitmachen willst.«

Nun war es an Franzi, groß zu gucken. »Nicht mehr bei den drei !!! ... Bist du verrückt, Kim?«

Kim grinste schief. »Sorry, zu viel Fantasie.«

»Ich habe auch befürchtet, dass etwas richtig Schlimmes passiert ist«, gab Marie zu. »Und dabei hat bloß jemand nach dem Abstauben das Bild falsch wieder aufgehängt.«

Franzi kicherte. »Marie, warst du schon mal bei uns im Haus? Sieht es da so aus, als würde ständig jemand unsere Fotos abstauben?«

»Auf jeden Fall sieht es bei euch immer total gemütlich aus«, meinte Marie lächelnd.

Franzi lächelte zurück und begann genauer zu erzählen. Als ihre Mutter an diesem Morgen aufgestanden und mit ihrer ersten Tasse Tee ins Wohnzimmer gegangen war, hatte sie es entdeckt: Das Bild von Uroma Lore war umgedreht. Franzi zeigte den Freundinnen gleich ein Handyfoto, das sie davon geschossen hatte. Frau Winkler hatte die Sache erst für einen Scherz gehalten. Doch ihr Mann und Franzis Geschwister hatten ernst versichert, nichts damit zu tun zu haben. Da war Frau Winkler natürlich die Warnung eingefallen, die Elisa Domingo angeblich von Uroma Lore erhalten hatte. Sie hatte Frau Domingo angerufen und die hatte eine weitere Nachricht aus dem Jenseits angekündigt.

»Heute Abend will sie zu Besuch kommen und direkt mit den Verstorbenen sprechen«, beendete Franzi ihre Erklärung.

»Wirklich?« Marie schüttelte sich.

»Das ist immer noch nicht alles«, meinte Franzi. »Beim Tortenservice wurde heute eine große Bestellung storniert. Es sollte eine kunstvolle Hochzeitstorte werden, mit mehreren Ebenen und viel Deko. So etwas kostet mehrere hundert Euro, das ist für Mama ein großer Verlust.«

»Total blöd für deine Mama!«, fand Marie. »Aber noch blöder für das Hochzeitspaar, oder? Bestimmt haben sie sich gestritten und die Hochzeit abgesagt. Weißt du, wer es war?«

Franzi holte ihr Handy heraus. Sie öffnete das Fotoalbum und wischte darin herum. »Ich

habe heimlich Mamas Auftragszettel fotografiert. Die Kundin heißt Karo M. Sund. Keine Ahnung, wer das ist, wohl keine Stammkundin. Sie hat auch keinen Grund für die Absage angegeben. So langsam ist Mama nervös, sie spricht immer wieder von den Botschaften aus dem Jenseits.«
»Wieso?«, fragte Kim. »Was hat die Hochzeitstorte damit zu tun?«
Franzi verzog das Gesicht. »Die Sorte des Kuchens wäre Cappuccino-Mandel gewesen. Genau die Torte, der laut Uroma Lore Aroma und Biss fehlt.«
Einen Moment schwiegen die drei Mädchen verblüfft.
»Ich glaube trotzdem nicht an Botschaften aus dem Jenseits!«, sagte Kim laut. »Und du auch nicht, oder, Franzi?«
»Stimmt genau, aber woher weißt du das?«
Kim zeigte auf Franzis Handy. »Die Fotos vom Uroma Lores Bild und von dem Auftragszettel. Es wirkt, als hättest du Spuren und Hinweise gesichert. Du willst herausfinden, was dahintersteckt.«
Franzi nickte und Marie sagte beeindruckt: »Wow, super kombiniert, Kim! Und wenn ihr wirklich nicht glaubt, dass uns die Verstorbenen Nachrichten schicken, glaube ich es auch nicht. Ich glaube etwas ganz anderes: Das ist ein neuer Fall für die drei !!!. Richtig?«
Marie streckte ihren Arm aus. Kim und Franzi legten die Hände darauf.

»Eins!«, rief Kim.
»Zwei!«, rief Franzi.
»Drei!«, rief Marie.
Dann holten sie alle tief Luft, warfen die Arme nach oben und brüllten: »Power!!!«
Franzi strahlte ihre Freundinnen an. Nun hatte sie auf jeden Fall genug Kraft, um ihrer Mutter zu helfen!

Am frühen Abend trafen sich Kim, Franzi und Marie wieder bei den Winklers. Klar, dass sie dabei sein wollten, wenn Elisa Domingo mit den Toten redete!
Als Kim und Marie ankamen, hatte Frau Domingo in der Küche schon alle Vorhänge zugezogen, nur eine einzelne Kerze auf dem Tisch warf flackerndes Licht. Räucherstäbchen benebelten die Sinne. Kim musste niesen.
Die drei !!! und die beiden Frauen setzten sich um den alten Küchentisch.
»Fasst euch an den Händen«, singsangte Frau Domingo. Sie schloss ihre Augen und hob das Gesicht zur Zimmerde-

cke. »Spürt das Leben … es rauscht durch eure Körper … es verbindet euch miteinander … haltet mich mit eurem Leben fest, damit ich nicht … zu den Seelen im Schatten davontreibe.«
Marie rann ein Schauer über den Rücken. Das klang ganz schön gruselig! Der Duft der Räucherstäbchen, das dämmrige Licht und Frau Domingos Worte zogen sie in ihren Bann.
»Seelen im Schatten, hört mich an … Seelen im Schatten, *sprecht* zu mir …« Frau Domingos Stimme wurde mal leiser, mal lauter. Mal murmelte sie irgendetwas Unverständliches, dann wieder rief sie Uroma Lore und andere Verstorbene di-

rekt an. Schließlich blieb sie eine Weile still und hauchte nur ab und zu »Jaaa …« und »Oh!« und »Nein«.

Dann ließ Elisa Domingo die Hände der anderen los. »Ich habe … schlechte Nachrichten erhalten«, verkündete sie. Die Pausen, die sie beim Reden machte, steigerten die Spannung mehr und mehr. »Die Seelen … sie alle wiederholen die gleichen Worte: Gefahr für dich, Elke … schlechte Zutaten … Cafégäste mit Lebensmittelvergiftung … dein Ruf wird ruiniert … du wirst, oh, ich kann es kaum sagen …« Diese Pause war die längste. Kim atmete schneller, Franzi hielt die Luft an und Marie entwich ein leises Ächzen.

»Du wirst …«, begann Frau Domingo von Neuem. »Du wirst komplett pleitegehen. Ruiniert. Aus und vorbei. Nichts übrig als ein Schuldenberg.«

Alle schwiegen und warteten, ob noch irgendetwas kam, am besten etwas Schönes. Die Spannung stieg und stieg. Da erklang plötzlich ein geisterhaftes Stöhnen, das von oben zu kommen schien. Marie zuckte heftig zusammen und Kim schnappte nach Luft. Die Kerze flackerte und der alte Metallkerzenständer, der schon Franzis ganzes Leben auf dem Tisch stand, ruckelte. Er setzte sich in Bewegung und rutschte langsam über die Holzplatte auf Frau Winkler zu, ohne dass ihn jemand berührte.

Frau Winkler schrie, sprang auf und stürzte zum Fenster, riss die Vorhänge auf und öffnete es. Vogelgezwitscher und Abendsonne drangen herein.
»Danke, Elke«, keuchte Frau Domingo und fächelte sich mit den Händen Luft zu. »Mehr hätte ich nicht ertragen können.«
Franzi stand auf und legte ihrer Mutter einen Arm um die Schultern. »Du bist kreidebleich, Mama, und du zitterst!«, stellte sie fest. »Setz dich. Iss einen Keks, das sagst du zu mir auch immer.«
Frau Winkler ließ sich wieder zum Tisch führen, verweigerte aber den Keks, den Marie ihr hinhielt, und das Wasser, das Kim geholt hatte.
»Es stimmt alles«, flüsterte sie. »Mir ging es doch nach dem Tortenkurs auch nicht gut. Alle meine Zutaten müssen schlecht sein. Die Gäste, die in den letzten Tagen da waren, haben sich sicher alle den Magen verdorben. Was für ein Albtraum!«

Am nächsten Tag trafen sich die drei !!! wieder in ihrem Hauptquartier.

»Wie geht es deiner Mum?«, fragte Marie.

Franzi seufzte. »Sie ist ziemlich durch den Wind. Stellt euch vor, sie hat alle Vorräte und Zutaten aus ihrer Backstube weggeworfen. Und nicht nur das: Sie hat sogar sämtliche fertigen Torten, Kuchen, Cupcakes, Muffins und Cookies entsorgt.«

»Ernsthaft? Die schönen Süßigkeiten!«, rief Kim, die gerne naschte. »Kommt schnell, wir holen alles aus dem Müll und probieren es! Natürlich nur wegen der Ermittlungen. Dabei finden wir nämlich heraus, ob wirklich etwas verdorben ist.«

Franzi winkte ab. »Geht nicht, Mama hat die Säcke der Müllabfuhr buchstäblich in die Hände gedrückt«, sagte sie.

»Verstehe ich, das war alles furchtbar gruselig«, meinte Marie leise. »Aber ich habe eine Idee: Wir befragen alle Cafégäste der letzten Tage. Wenn niemand krank geworden ist, wissen wir, dass die Botschaft falsch war. Das würde deine Mama sicher beruhigen. Und mich auch.«

Leider kannte Franzi die Gäste nicht mit Namen, das ging also nicht. Kim schrieb erst einmal alles in ihr Detektivtagebuch, was passiert war. Marie las im Internet noch einmal nach, ob es nicht doch echte Botschaften aus dem Jenseits geben könnte. Franzi suchte im Hauptquartier die Detektivausrüstung der Mädchen heraus: Fingerabdruckpulver

und Gips für Abdrücke, Lupe und Mikroskop, Indizienbeutel und Magneten.
»Kommt jetzt«, sagte sie entschlossen. »Wir müssen Spuren sichern.«
Im Haus nahmen die drei !!! das Bild von Uroma Lore, das sich angeblich von selbst gedreht hatte, ganz genau unter die Lupe. Anschließend untersuchten sie den Kerzenständer, der allein über den Esstisch gerutscht war, und den Esstisch selbst.
Auf beiden Gegenständen sicherten die Mädchen haufenweise Fingerabdrücke. Natürlich war es am wahrscheinlichsten, dass jemand aus Franzis Familie sie hinterlassen hatte. Also sammelten sie die Abdrücke von Herrn und Frau Winkler, von Chrissie, Stefan und seiner Freundin und sogar von Franzi. Dafür untersuchten sie Schuhe und gebrauchte Trinkgläser, Zahnbürsten und Türklinken. Alle Abdrücke sammelten sie in Kims Detektivtagebuch, um sie später sorgfältig zu vergleichen.
»Wir sollten auch die Lampe im Bad ansehen«, fiel Franzi ein und erzählte ihren Freundinnen, wie diese von selbst ausgegangen war.
Franzi holte eine Trittleiter, um die Lampe zu untersuchen. Kim nahm derweil die Fingerabdrücke vom Lichtschalter.
»Die Glühbirne sitzt ein bisschen locker«, berichtete Franzi. »Das passt zu einem Wackelkontakt. Fingerabdrücke sind aber keine drauf, kein einziger.«

Marie schluckte. »Wer hat sie dann lose gedreht? Vielleicht doch ein Geist? Geister hinterlassen keine Spuren.«

»Quatsch«, sagte Franzi und Kim erklärte logisch: »Entweder jemand hat die Glühbirne geputzt, aber wir wissen ja, dass das bei den Winklers kaum sein kann.« Grinsend sahen sich alle im chaotischen, aber sehr gemütlichen Bauernhaus um.

»Oder«, fuhr Kim fort, »die Glühbirne wurde abgewischt, um Spuren zu entfernen. Das ist doch endlich mal ein handfester Hinweis, dass hinter dem ganzen Gruseltheater ein menschlicher Täter steckt.«

»Oder eine Täterin«, sagte Marie.

Die drei !!! gingen ins Hauptquartier zurück. Sie legten Kims Detektivtagebuch auf den Tisch und steckten die Köpfe zusammen. Mit Lupe und spitzem Bleistift untersuchten sie die Fingerabdrücke, zählten Linien und verglichen Bögen.

»Uff, mir schwirrt der Kopf!«, sagte Marie irgendwann.

»Ich sehe Ringe und Bögen, wenn ich die Augen schließe!«, jammerte Kim.

Franzi aber machte verbissen weiter. Immerhin ging es um ihre Mutter! Schließlich war sie ganz sicher: Die Abdrücke stammten alle von Familie Winkler.

Marie fragte vorsichtig: »Könnte es sein, dass einer von euch dahintersteckt? Als kleiner Scherz?«

Franzi schüttelte den Kopf. »Keiner von uns würde Mama das antun, niemals!«

Marie nickte. »Kann ich mir eigentlich auch nicht vorstellen. Aber was ist es dann? Wer hat die Lampe, das Bild und den Kerzenständer manipuliert, wenn es niemand aus dem Jenseits war?«
»Das finden wir heraus«, sagte Franzi entschlossen und zückte ihr Handy. Sie zeigte ihren Freundinnen alle Fotos, die sie im Haus von den drei Gegenständen gemacht hatte.
»Das Foto ... die Wand neben dem Foto ... der Fußboden vor dem Foto ...«, kommentierte Marie, während sie die Bilder ansahen. »Der Kerzenständer, der Tisch und ... was ist denn das?«
Franzi vergrößerte das Foto. Es zeigte eine Stück Holz mit hellen Linien. »Das ist die Unterseite unseres Esstisches.«
»Warum um alles in der Welt hast du die denn geknipst?«, wollte Marie wissen.
Franzi grinste. »Während ich die Fotos machte, kam Sherlie rein, unser neuer Hund. Er hat seinen Ball unter die Eckbank gerollt und sich dann nicht getraut, ihn zu holen. Er fand es wohl zu dunkel da unten. Also musste ich unter den Tisch kriechen. Und dabei fielen mir diese Kratzer auf.«
»Ist nicht euer ganzer Tisch ziemlich zerkratzt?«, fragte Marie. »Er ist doch uralt.«
Franzi wischte ein Foto rückwärts, wo man die Oberseite des antiken Bauerntisches sah, der einige Kratzer und Dellen hatte. »Die alten Schäden im Holz sind aber schon nachgedunkelt«, sagte sie.

Maries Augen leuchteten auf. »Stimmt, und die unten sind hell, also ganz neu! Aber was hat das mit unserem Fall zu tun?«

Franzi seufzte. »Keine Ahnung. Wahrscheinlich gar nichts. Oder habt ihr eine Idee?«

Marie schüttelte den Kopf. Kim schwieg. Sie kaute auf ihrem Bleistift und dachte angestrengt nach.

»Kim?«, fragte Marie.

Kim schreckte auf. »Sorry! Mir war gerade etwas ganz anderes aufgefallen. Diese Karo M. Sund …«

Franzi und Marie mussten kurz nachdenken. Dann fiel ihnen wieder ein, dass diese Kundin die große Hochzeitstorte bestellt hatte.

Kim schrieb die Buchstaben des Namens in ihr Detektivtagebuch. »Seht mal: Karo M. Sund ist ein Anagramm von …«

»Ein was?«, unterbrach Marie.

»Ein Anagramm«, sagte Kim. »So nennt man es, wenn man aus den Buchstaben eines Wortes oder eines Namens ein oder mehrere neue Wörter bildet. GRAS wird zum Beispiel zu SARG und TORTE zu TOTER.«

»Woher weißt du das?«, wunderte sich Marie.

Kim lächelte. »Ich bilde gern Anagramme. Das ist ein bisschen wie Rätsel knacken und Fälle lösen. Aus Kim Jülich habe ich mir einen neuen Namen gebastelt: Mick J. Hüli. Klingt wie ein Krimi-Autor aus der Schweiz, oder?«

Marie und Franzi lachten schallend.

»Ich will auch einen neuen Namen!«, japste Franzi.
Grinsend blätterte Kim in ihrem Tagebuch und sagte: »Habe ich längst gemacht. Franzi ist Renaska Klinzwirf, die mutige Tierschützerin, und Marie wird zu Verena I. Michborger, einer berühmten Schauspielerin.«
Alle drei begannen zu kichern und konnten gar nicht aufhören. Irgendwann wischte sich Marie die Lachtränen aus den Augen. »Also, Herr Hüli, was haben Sie herausgefunden?«, fragte sie Kim.
Franzi japste. »Ein Anagramm vielleicht?«
Kim nickte und sagte: »Karo M. Sund wird zu Oskar Mund. Wisst ihr noch? Das war der Mann aus dem Tortenkurs.«
Marie klappte der Mund auf. »Dein Ernst?«, rief sie. »Das kann kein Zufall sein! Herr Mund hat die Torte unter falschem Namen bestellt, da bin ich sicher. Dabei war er so nett!«
Kim, Franzi und Marie gingen zu Franzis Mutter und zeigten ihr Kims Anagramm.
»Erinnern Sie sich, wer die Torte bestellt hat?«, fragte Kim. »War es eine Männerstimme? Klang sie wie die von Herrn Mund?«
Frau Winkler zuckte mit den Schultern. »Die Anfrage kam per Mail. Außerdem ist Oskar eine ehrliche Haut, dem traue ich weder einen schlechten Scherz zu noch etwas wirklich Bösartiges.«
»Wollte er vielleicht heiraten?«, fragte Marie.
»Unter dem Namen einer Frau?«, wunderte sich Kim.

»Vielleicht soll die Hochzeitstorte eine ganz geheime Überraschung sein, deswegen verwendet er einen anderen Namen. Kann doch sein!«, sagte Marie logisch.
Franzi schnaubte ungeduldig. »Das sind alles nur Vermutungen. Nur Oskar Mund kann uns sagen, wie es wirklich war. Fragst du ihn, Mama? Bitte!«
Aber Frau Winkler ließ sich nicht überzeugen, sie war mit ihren Gedanken ganz woanders. Abwesend sagte sie: »Elisa würde sicher sagen, dass das Anagramm auch eine Botschaft aus dem Jenseits ist und die Verstorbenen mich auf allen nur möglichen Wegen warnen wollen.« Sie stand auf. »Tut mir leid, Mädels, aber für eure Detektivspiele habe ich jetzt wirklich keine Zeit, ich muss an den Computer.«
Die Mädchen schnappten entrüstet nach Luft. Detektivspiele? Das war ja wohl die Höhe!
Doch Franzis Mutter sprach schon weiter: »Ihr müsst wissen, Elisa hatte eine ziemlich gute Idee. Meine Rezepte sind die Grundlage meines Erfolgs. Nur wenn sie sicher sind, bin auch ich sicher. Ich habe zwar alle Rezepte im Kopf, aber was geschieht, wenn ich mein Gedächtnis verliere? Elisa sagt, dass das einem Geist passiert ist, mit dem sie kürzlich gesprochen hat. Eigentlich glaube ich ja nicht an so etwas aber … Zur Sicherheit werde ich trotzdem alle Rezepte am Computer aufschreiben.«
»Und wenn der kaputtgeht?«, fragte Kim. Sie meinte das eigentlich nur als Scherz, aber Frau Winkler nahm die Frage ernst.

»Ich weiß«, sagte sie. »Ich werde die Rezepte ausdrucken und an einem todsicheren Ort verstecken.«
»Wo ist denn das?«, wollte Marie wissen.
Frau Winkler erwiderte: »Das wird Elisa bei den Toten erfragen. Ich werde ihr meine Rezepte geben.«

Ist mir laaaangweilig«, stöhnte Kim. Es war ein paar Tage später. Kim und Marie saßen auf einer Parkbank. Marie trug eine riesige Sonnenbrille und ein Käppi. Kim hatte ihr Gesicht hinter einer Zeitschrift versteckt, doch leider kannte sie die Artikel schon auswendig.
Die Zeitung und Maries Verkleidung dienten sowieso nur der Tarnung. Die Freundinnen saßen in einem kleinen Park gegenüber dem Wohnhaus von Elisa Domingo. In jeder freien Minute beschatteten sie die Frau und verfolgten jeden ihrer Schritte.
»Ist Elisa Domingo wirklich unsere wichtigste Verdächtige?«, fragte Marie, obwohl sie das alles schon x-mal besprochen hatten.
»Ich finde, ja«, erwiderte Kim. »Es ist total verdächtig, dass Franzis Mutter ihr alle Rezepte gegeben hat. Irgendetwas hat

Elisa damit vor. Frau Winkler hat es selbst gesagt: Sie sind die Grundlage ihres Erfolgs. Die Rezepte sind wertvoll!«
»Zumindest, wenn man gern Süßes isst«, meinte Marie lächelnd.
Kim grinste. »Wer tut das nicht?«
Eine Weile schwiegen die Mädchen. Seit sie heute nach der Schule ihren Beobachtungsposten eingenommen hatten, war noch nicht viel passiert. Elisa Domingo war am frühen Nachmittag nach Hause gekommen und war seitdem nur ein paar Mal am Küchenfenster aufgetaucht.
»Schade, dass Franzi nicht da ist«, sagte Kim.
»Die kann doch kaum stillsitzen!«, meinte Marie.
»Eben. Wenn sie hier rumhampelt, passiert endlich mal was.« Kim kicherte. »Aber zu dritt sind wir viel zu auffällig.«
Marie nickte. »Außerdem muss sie Oskar Mund beschatten. Wegen der Hochzeitstorte ist er Verdächtiger Nummer zwei.«
»Da kommt jemand.« Kim zeigte die Straße hinab. »Oh, es ist Oskar Mund!«
Marie staunte. Tatsächlich, der nette Herr mit der bunten Krawatte klingelte bei Elisa Domingo an der Tür. Kurz darauf radelte auch Franzi herbei.
Jetzt hatten die drei !!! Glück. Die beiden Erwachsenen verließen das Haus und gingen in dem kleinen Park spazieren, in dem Kim, Franzi und Marie warteten. Es war ganz leicht, sie zu verfolgen. Elisa und Oskar waren so in ihr Gespräch vertieft, dass sie nichts bemerkten. Erst redeten

die beiden über das Wetter, aber dann wurde es interessant.
Oskar Mund sagte: »Elke hat mich angerufen und mir eine seltsame Geschichte erzählt.« Er berichtete von der Hochzeitstorte. Also hatte Frau Winkler doch nachgefragt!
Franzi freute sich, vor allem, als Elisa Domingo nach einigem Drum-herum-Reden zugab, die Torte bestellt zu haben. »Es sollte … ein *Scherz* sein, Oskar. Nur ein Scherz!«
»Sehr witzig«, meinte Oskar Mund verärgert. »Die arme Elke! Was sollte denn das?«
Dieser Frage wich Elisa Domingo aus. »Ich muss los, ein wichtiger Termin in der Stadt …« Sie nannte die Adresse. »Dort wird sich mein … *Schicksal* entscheiden.«
Während die Frau zu Hause ihre Sachen holte, radelten Kim, Franzi und Marie schnell zu der Adresse in der Innenstadt.
»Ein Geschäftshaus am Rathausplatz«, stellte Marie fest. »Einer der teuersten und schönsten Orte der Stadt, wow.«
»Im Erdgeschoss gibt es ein leer stehendes Café«, sagte Kim. »Was hat Elisa …?«
»Achtung, sie kommt!«, rief Franzi, die die Straße beobachtet hatte. Rasch verschwanden die drei Detektivinnen um die nächste Hausecke. Vorsichtig spähten sie hervor und sahen, dass Elisa Domingo mit einer Dame im schicken Kostüm näher kam.

»Ich freue mich, dass Sie sich entschieden haben, Frau Domingo!«, sagte die fremde Dame gerade. »Die Miete ist für diese Lage wirklich nicht zu hoch. Ihr Café wird hier massenhaft Besucher anziehen. Sie werden sehen, das wird ein großer Erfolg.« Elisa Domingo lächelte. »Ich weiß«, säuselte sie. »Die *Seelen* haben es mir zugeflüstert. Heute ist ein guter Tag, um den Mietvertrag zu unterschreiben. Die Rezepte für ... *meine* Kuchen und Torten habe ich schon bekommen von ... einer guten Freundin.« Die beiden Frauen betraten den Laden. Kim, Franzi und Marie sahen sich an.

»Krass!«, sagte Kim.
»Krass und unglaublich«, meinte Marie.
»Und oberfies!« Franzi ballte die Hände zu Fäusten und ihre Augen blitzten. »Jetzt ist es klar! Elisa Domingo hat meiner Mutter die Rezepte abgeluchst, um damit ein eigenes Café zu eröffnen. Diese Betrügerin!«
»Ja, so das klingt es«, sagte Marie. »Aber was ist mit den Botschaften aus dem Jenseits? Sind die auch von ihr? Oder doch ...«, sie schluckte, »... echt?«
Kim schüttelte den Kopf. »Ich brauche eine Stärkung. Kommt, wir gehen ins *Lomo*.«
Zum Glück war das Lieblingscafé der drei !!! nicht weit. Die Mädchen machten es sich auf einem der ausgesessenen Sofas gemütlich und bestellten drei *Kakao Spezial*, ihr schokoladiges Lieblingsgetränk. Während sie warteten, sagte Franzi: »Ich bin so sauer, sooo sauer! Dass jemand meiner Mama so etwas antut!«
»Ganz ruhig«, meinte Kim und legte ihrer Freundin eine Hand auf den Arm. »Wir brauchen einen kühlen Kopf, um weiter zu ermitteln. Marie hat nach den Botschaften aus dem Jenseits gefragt. Lasst uns mal aufzählen, was wir wissen.«
»Okay!« Franzi atmete tief durch. »Das Erste war die Glühbirne im Bad.«
Kim winkte ab. »*Easy!* Die hat Elisa heimlich gelockert, als wir nach dem Tortenkurs die Reste ins

Haus getragen haben. Da herrschte so ein Durcheinander, dass niemand gemerkt hätte, wer mal kurz im Bad verschwindet.«

»Dann das Bild von Uroma Lore«, sagte Franzi.

»Das kann Elisa da auch umgedreht haben«, sagte Marie. »Komisch ist nur, dass sie Lores richtigen Namen kannte. Oh, danke!«

Die Bedienung hatte die drei *Kakao Spezial* gebracht. Die Mädchen nahmen jede einen tiefen Schluck und dachten nach. Franzi holte ihr Handy hervor und rief ein Foto auf.

»Hier sieht man, wie Oma Lores Bild umgedreht an der Wand hängt«, sagte sie. Sie wischte über den Bildschirm und vergrößerte verschiedene Stellen. »Ha! Dachte ich es mir doch, da steht etwas! Es ist ganz blass mit Bleistift geschrieben und kaum zu sehen.«

»Und was?«, fragte Marie. Am Rand des Bildes sah man zwar zarte Buchstaben, doch Marie konnte die Schrift nicht lesen.

»Das ist Sütterlin, eine alte Schreibschrift«, erklärte Kim. »Puh, die ist nicht leicht zu lesen, aber da steht … *Leonore, 12 Jahre*. Daher hat Elisa den Namen gekannt!«

Begeistert kombinierten die drei !!! weiter. Über die Tortenbestellung wussten sie ja schon Bescheid. Die Übelkeit von Franzis Mutter nach dem Tortenkurs war hoffentlich nur Zufall gewesen. Dass Elisa Domingo wirklich jemanden vergiften würde, konnten sie sich nicht vorstellen. Das Schwierigste aber waren die Ereignisse bei Elisas Gespräch mit den Toten. Das geisterhafte Stöhnen hatte Elisa leicht von ihrem Handy

abspielen können, das sie an der Deckenlampe versteckt haben musste. Aber der Kerzenständer? Den konnten sich Kim, Franzi und Marie einfach nicht erklären.
»Vielleicht gibt es ja doch …«, begann Marie leise.
»Nein!«, erwiderte Franzi entschlossen.
»Was machen wir nun?«, fragte Kim. »Erzählen wir alles deiner Mutter, Franzi?«
Franzi nahm einen Schluck *Kakao Spezial.* »Das bringt nichts, sie steckt zu tief drin in ihrer Unsicherheit. Nein, wir müssen Elisa überführen und ihr die Rezepte abjagen! Die Frage ist nur: Wie?«
Die Mädchen überlegten verschiedene Möglichkeiten, aber nichts schien Erfolg versprechend. Während sie grübelten, packte Kim ihren Rucksack aus, in dem sie allerlei Detektivausrüstung aufbewahrte. Es konnte doch sein, dass eins der Dinge sie auf eine zündende Idee brachte!
Nacheinander legte sie alles auf den Tisch: Tagebuch, Stifte, Maßband, Magnet, Lupe.
Plonk! Kim hatte den Magneten zu nah an ihren Löffel gelegt und der war mit einem Ruck zum Magnet gerutscht. »Habt ihr das gesehen?«, fragte Kim aufgeregt.

Der Magnet hatte den drei !!! einen weiteren wichtigen Hinweis geliefert. Sie waren nun sicher, dass Elisa Domingo die Botschaften aus dem Jenseits vorgetäuscht hatte, um Franzis Mutter zu verunsichern. Aber wie konnten sie das beweisen und die Frau überführen? Dafür brauchten die Detektivinnen mehrere *Kakao Spezial* und einen ausgefeilten Plan rund um das Café am Rathausplatz, eine Discokugel aus Maries Zimmer und eine Rolle durchsichtiger Schnur.
Die Frage blieb nur, wann die richtige Gelegenheit für ihren Einsatz war. Die Detektivinnen beschatteten Elisa Domingo erneut. Aus einem Gespräch zwischen Nita und ihrer Mutter, das sie vor dem Haus führten, erfuhren sie schließlich etwas: Am nächsten Tag wollte Elisa Domingo im neuen Café die Wände streichen. Das passte perfekt! Denn inzwischen hatten die drei !!! es sogar geschafft, Frau Winkler zur Mithilfe zu überreden.

Endlich war der große Tag da. Wie verabredet klopfte Frau Winkler an die Schaufensterscheibe und tat so, als habe sie Elisa zufällig entdeckt. Die rannte natürlich sofort nach draußen und zog Frau Winkler zum anderen Ende des Rathausplatzes. Schließlich wollte sie nicht, dass Frau Winkler von den Caféplänen Wind bekam. Diesen Moment nutzten Kim, Franzi und Marie, um in das leere Café zu schlüpfen und ein paar Kleinigkeiten vorzubereiten.

»Puh, es hat geklappt!«, wisperte Franzi, als sie sich sicher hinter dem Tresen versteckt hatten.

Marie nickte. »Deine Mum macht das super, sie hält Elisa richtig lange hin!«

Durch das Fenster sahen sie, wie sich Frau Winkler verabschiedete und Elisa Domingo zum Café zurückkam. Sie betrat den Laden, griff die Farbrolle, mit der sie die Wände rosa strich, und ...

Ein geisterhaftes Stöhnen erklang. Elisa Domingo wirbelte herum. Doch nun blieb alles still. Sie schüttelte den Kopf und strich weiter. Kim drückte erneut auf ihr Handy und das Stöhnen erklang wieder. Im gleichen Moment startete Marie ihr Handy, das sie mit einem Mini-Lautsprecher verbunden hatte. Die Stimme aus ihrem Handy kam also aus einer ganz anderen Ecke des Ladens.

»Elisa ...«, wisperte die Stimme. »Eliiisa!«

Frau Domingo wurde blass. Sie ließ die Farbrolle fallen und ging durch das Café, mal hierhin, mal dorthin, als würde sie den Geräuschen lauschen. Doch nun blieb alles ruhig.

»Ich brauche wohl eine Pause«, sagte Elisa Domingo laut. »Kaffee wird mir guttun!«

Franzi fiel auf, dass sie überhaupt nicht mehr säuselte, sondern ganz normal sprach.

Am Tresen goss sich Elisa Domingo aus einer Thermoskanne Kaffee ein. Sie schüttete Zucker dazu und griff nach einem Löffel, der schon bereitlag. Der Löffel rutschte weg.

»W-was?« Die Frau schüttelte sich und griff wieder nach dem Löffel, der wieder ein Stück weiterrutschte. Ganz am Ende des Tresens mussten sich Kim, Franzi und Marie das Lachen verbeißen, während Kim an einem durchsichtigen Faden zog, der am Löffel festgebunden war. So ähnlich hatte Frau Domingo den Kerzenständer zum Wandern gebracht, nur mit der Kraft eines starken Magneten, den sie unter dem Tisch bewegt hatte. Daher rührten auch die frischen Kratzer unter der Tischplatte, davon waren die drei !!! überzeugt.

Elisa Domingo griff ein drittes Mal nach dem Löffel. Diesmal zupfte Kim so heftig an der Schnur, dass der Löffel in hohem Bogen hinter den Tresen flog. Marie und Franzi bekamen einen Schreck. Wenn Elisa den Löffel jetzt aufhob, würde sie die Detektivinnen entdecken!

Schnell drückte Marie auf einen Lichtschalter. Er gehörte zu ihrer Discokugel, die sie unter einer Malerfolie versteckt hatten. Geisterhaftes, buntes Licht zuckte durch den Laden und Kim machte dazu die Gruselgeräusche auf ihrem Handy an.

Elisa Domingo japste nach Luft, doch dann stemmte sie die Arme in die Seiten und rief laut: »Nita, bist du das? Hältst du das für witzig? Denkst du ernsthaft, ich glaube an *Gespenster*?«

Die drei !!! krabbelten aus ihrem Versteck und auch Frau Winkler stand jetzt in der Tür. Sie hatte den Laden von außen beobachtet und auf diesem Moment gewartet.

»Nein, du glaubst nicht an Gespenster und das Jenseits und Botschaften von Verstorbenen, Elisa!«, sagte sie. Sie hatte wütende rote Flecken auf den Wangen und ihre Augen blitzten fast wie Franzis. »Die drei Mädchen zum Glück aber auch nicht und ich auch nicht mehr! Gib mir sofort meine Rezepte zurück. Dann vergessen wir die ganze Sache und gehen nicht wegen Diebstahl geistigen Eigentums zur Polizei.«
Elisa Domingo presste die Hände aufs Herz. Plötzlich säuselte sie wieder: »Ich würde doch nie ... meine liebe Elke! Mädchen, ihr denkt doch nicht, dass *ich* ...«
»Geben Sie sich keine Mühe, wir haben alle Tricks durchschaut«, sagte Kim fest.
Die bunte Frau blickte sich stöhnend um, doch sie sah nur entschlossene Gesichter. Schließlich seufzte sie, kramte in einer Kiste und händigte Frau Winkler einen dicken Ordner aus. »*Natürlich* bekommst du deine wunderbaren Rezepte!«, säuselte sie. »Ich wollte sie doch nur ganz *sicher* verwahren ... Ich hätte doch nie ... meine *liebe* Elke!«
Doch Franzi war immer noch misstrauisch. »Haben Sie die Rezepte etwa schon kopiert?«, fragte sie. »Wir werden Sie beobachten. Wenn irgendwo in der Stadt ein Café oder Tortenservice ähnliche Torten backt wie Mama, dann werden wir es merken.«
Elisa Domingo sagte nichts mehr. Die drei !!! packten wie der Wind ihre Ausrüstung zusammen und verließen den Laden. Draußen fiel Frau Winkler

Franzi jubelnd um den Hals. Danach umarmte sie Kim und Marie.
»Mädchen, das habt ihr großartig gemacht!«, sagte sie begeistert. »Eure Gruselshow war der Hammer! Elisa hat sich beinah in die Hosen gemacht.« Sie kicherte und die Mädchen fielen ein. »Ihr habt mich und meinen Beruf gerettet, ihr tollen Detektivinnen. Zum Dank ... wie wäre es mit einem großen Stück Torte in einem schönen Café?«
Kim nickte begeistert und Marie rief: »Auf ins *Lomo*!« Franzi grinste nur und gab ihrer Mutter einen Kuss.

MITTSOMMER-
SPUK

Marie hatte die Augen geschlossen. Sie wartete auf die Magie. Etwas summte sehr dicht an ihrem linken Ohr vorbei. Marie erstarrte. Doch die Energiewelle war nur eine Biene auf der Suche nach Blüten.

»Und?«, drängte Franzi.

Kim kicherte kaum hörbar.

Marie öffnete die Augen. Ihre beiden Freundinnen sahen sie erwartungsvoll an. »Hast du den geheimnisvollen Zauber der Sonnenwende gespürt?«

»Leider nicht«, sagte Marie enttäuscht. »Die Kraft ist in der Nacht allerings auch viel stärker. Wir können das Ritual ja einfach später wiederholen.«

»Eine gute Idee.« Franzi blickte rüber zum Haus. »Die Tierarztpraxis hat geöffnet und Papas Kunden halten uns sonst noch für vollkommen bescheuert.«

»Wir machen doch nur ein Picknick auf der Wiese«, wandte Marie ein.

»Ein gutes Stichwort! Das Picknick sollten wir nicht vergessen!« Kim nahm sich schnell ein Stück Erdbeerkuchen.

Franzi schenkte sich selbst gemachte Limonade ein und prostete ihren Freundinnen zu. »Auf ein magisches Wochenende!«

Marie hob ebenfalls ihr Glas. Es war ihre Idee gewesen, ein Mittsommerfest zu feiern. Schließlich fand

an diesem Freitag im Juni die Sonnenwende statt – ein Datum, an dem sich angeblich die Tore zur Geisterwelt öffneten und die Natur geheimnisvolle Kräfte freigab. Franzi und Kim teilten zwar weniger Maries Begeisterung für Magie, dafür waren sie immer für ein Fest zu haben. Besonders, wenn es sich um ein Picknick auf dem Hof von Franzis Familie handelte. Aus Ringelblumen, Gräsern, Kräutern und Kamille hatten die drei Mädchen Blumenkränze geflochten. Tarotkarten, Kerzen, ein Steinorakel und ein Pendel aus Maries Sammlung durften auch nicht fehlen.

Franzi griff beherzt nach den Gemüsesticks. »Mit der Profi-Ausrüstung kannst du bestimmt sogar den Geist vom Sonnenhof beschwören.«

Marie zog eine Augenbraue hoch. »Meinst du das ernst? Oder kommt jetzt eine Quatschgeschichte?«

»Keine Quatschgeschichte, versprochen.« Franzi hob eine Hand, wie zum Schwur. »Eine Freundin meiner Mutter ist heute bereits im Morgengrauen zu uns geradelt und hat uns aus dem Bett geklingelt. Sie hat wirklich etwas von einem Spuk auf ihrem Hof erzählt.«

»Rund um die Mittsommernacht ist das schon möglich«, meinte Marie.

Franzi lachte. »Ich wette, das waren nur ein paar Fledermäuse oder eine Eule. Hanne ist erst vor ein paar Tagen auf den

Sonnenhof gezogen und muss sich wohl erst an das Landleben gewöhnen.«

»Was ist denn genau vorgefallen?«, hakte Kim nach. Auch wenn sie nicht gerade abergläubisch war, fand sie es immer interessant, bei einem Phänomen genauer hinzusehen. Die Erfahrung hatte gezeigt, dass gründliche Detektivarbeit erstaunliche Dinge zutage brachte.

Franzi zuckte die Schultern. »Hanne ist bei uns im Gästezimmer eingezogen. Aber ich war zu müde, um mir die ganze Geschichte anzuhören.«

»Liegt der Sonnenhof denn hier in der Nähe?«, wollte Kim wissen.

Franzi nickte. »Keine fünf Kilometer von uns entfernt, in einer Siedlung namens Sonnengrund. Der Hof steht seit Jahren leer. Aber Mamas Freundin hat das Grundstück günstig von den Erben gepachtet. Im Frühling hat sie sich einen Bauwagen als Büro ausgebaut. Und jetzt wollte sie über den Sommer ganz dort wohnen. Es sollte so eine Art Aussteigerprojekt sein. Yoga an der frischen Luft, malen, lesen und nebenbei etwas arbeiten.«

»Ganz allein auf einem verfallenen Hof?«, fragte Marie nachdenklich. »Das ist auch ohne Geister nachts ziemlich unheimlich.«

»Eben«, bestätigte Franzi. »Sie hat irgendein Tier gehört und Panik bekommen.«

»Hm.« Ganz überzeugt war Marie trotzdem nicht. »Ein verlassenes Haus aus alten Zeiten kann durchaus von Geistern heimgesucht werden – zum Beispiel von den Seelen der verstorbenen Vorbesitzer.«

»Oder von lebenden Besitzern, die zu seltsamen Methoden greifen, um einen Pachtvertrag wieder aufzulösen«, schlug Kim vor.

»Ich glaube, die sind froh, dass Hanne das Grundstück will. Seit Jahren hat sich keiner dafür interessiert«, sagte Franzi. »Aber wir können ja mal Chrissie fragen.«

Franzis große Schwester war inzwischen auch aus der Schule gekommen. Sie begrüßte gerade ein Mädchen, das aus der Tierarztpraxis kam. Ein hochgewachsener Junge gesellte sich dazu, eine Transportbox für Haustiere in den Händen.

»Chrissie hatte heute erst zur zweiten Stunde und wollte mit Hanne frühstücken. Sie hat ihr bestimmt von dem Spuk erzählt.« Franzi hob eine Hand an den Mund und brüllte: »He, Schwesterherz, hast du kurz Zeit?«

»Nö. Für dich eh nicht!«, rief Chrissie, kam aber trotzdem näher. Ihre Freunde folgten ihr.

»Wir wollten fragen, ob Hanne dir berichtet hat, was nachts auf dem Sonnenhof passiert ist.«

»War ja klar, dass ihr das interessant findet«, feixte Franzis große Schwester. »Habt ihr schon Verdächtige? Oder ermittelt ihr noch?«

»Vergiss es«, brummte Franzi.

»Sei nicht gleich beleidigt«, sagte Chrissie. »Du kannst doch selbst mit Hanne sprechen.

Sie ist noch bei Mama in der Küche. Emil, Emma und ich müssen Minzi heimbringen und dann ein Referat über Windräder vorbereiten. Nicht jeder kann das ganze Wochenende lang chillen.«

Franzi überging die letzte Bemerkung und spähte in die Transportbox. »Was ist denn mit Minzi?«

»Ihre Pfote war verletzt«, erklärte der Junge, der offenbar Emil hieß. »Dein Vater hat die Wunde genäht.«

»Redet ihr gerade über Hanne Liebig?« Das Mädchen namens Emma schien es nicht so eilig zu haben wie Chrissie.

Franzi nickte. »Ihr seid ihre Nachbarn, nicht wahr?«

Emma antwortete: »Ja, genau. Unsere Mutter denkt, es ist komisch, dass jemand aus der Stadt ganz alleine in einen Bauwagen zieht. Aber wir finden Hanne eigentlich ganz nett.«

»Und die hat jetzt Angst vor einem Spuk?«, wunderte sich Emil. »Sie war doch super glücklich auf dem Hof.«

»Tagsüber schon«, meinte Chrissie.

Kim musterte Emil. »Woher weißt du von dem Spuk?«

Der Junge lachte. »Davon weiß jedes Kind in der Gegend. Die Gruselgeschichte kursiert seit Jahrzehnten und wird in zig Varianten weitergegeben.«

»Aber es ist nur eine Geschichte«, sagte Emma belustigt. »Niemand, der aus dem Grundschulalter raus ist, nimmt die Legende noch ernst.«

»Mauuuuuuuuu«, ertönte ein lang gezogener Klagelaut aus der Transportbox.

Alle zuckten zusammen.

»Verstanden, Minzi. Du nimmst die Geschichten ernst.« Chrissie lachte. »Kommt schon. Wir müssen los.«

Über diesen verfallenen Hof gibt es also eine gruselige Legende?«, fragte Marie, als Chrissie und ihre Freunde weg waren. »Da bin ich aber gespannt.«

»Es ist die Geschichte von der schönen Litha«, begann Franzi. »Sie lebte vor langer Zeit auf dem Sonnenhof und liebte den Knecht. Beim Mittsommerfest hielt er um ihre Hand an, doch Lithas Vater wollte keinen armen Schwiegersohn. Darum gab er ihm eine Aufgabe, die er unmöglich schaffen konnte: Der Knecht sollte bis Mitternacht einen Holunderbusch mit goldenen Blüten finden.«

»Das klingt ja wie im Märchen«, fand Kim.

»So geht es auch weiter«, meinte Franzi. »Litha nutzte die Mittsommer-Magie und schickte ihre Katzen los, um die goldenen Blüten zu finden. Doch der Knecht war ungeduldig und wollte nicht auf die Rückkehr der Katzen warten. So kam es, dass er im Reich der Schatten um Hilfe bat. Er erhielt ein Mittel, das alles in Gold verwandeln konnte. Der faule Zauber wirkte zunächst, löste sich jedoch beim ersten Sonnenstrahl auf. Der Knecht wurde als Betrüger entlassen. Fortan musste er im Reich der Schatten dienen. Litha sollte noch im selben Jahr einen reichen Mann heiraten. Aber sie starb vor der Hochzeit an gebrochenem Herzen. Auf eigenen Wunsch bestattete man sie an ihrem Lieblingsort – unter einem Holunderbaum hinter dem Hof. Jedes Jahr, um Mittsommer herum, kehrt sie zurück, versammelt ihre Katzen und ruft nach ihrem Knecht.«

»Und der ist nun aus dem Reich der Schatten zurück.«

Die Mädchen fuhren herum. Kim ließ beinahe ihr Stück Kuchen fallen.

»Entschuldigt«, sagte eine Frau, die unbemerkt hinter sie getreten war. In ihrem karierten Hemd und den Arbeitshosen sah sie aus wie eine Handwerkerin. »Ich wollte euch nicht erschrecken.«

»Hanne! Ist schon okay. Wir sind gerade nur etwas schreckhaft«, gestand Franzi. »Das muss an der Gruselgeschichte liegen.«

»Mein Bedarf an Geistern ist vorerst gedeckt«, sagte Hanne Liebig. »Ich radle nur noch einmal zum Hof, um ein paar Sachen zu packen. Dann holt mich Andreas ab.«

»Du willst also wieder zurück in die Stadt?«, fragte Franzi mitfühlend.

Die Frau nickte matt. »Litha und ihr Knecht sind bestimmt nur eine Legende, aber mich bringen keine zehn Pferde dazu, wieder auf dem Sonnenhof zu übernachten.«

»War es so schlimm?«, hakte Marie nach. Sie konnte ihre Neugierde kaum verbergen. »Haben Sie einen Geist gespürt oder sogar gesehen?«
Franzi lachte. »Meine Freundin kennt sich mit übernatürlichen Phänomenen aus. Sie brennt darauf, das Geheimnis des Hofes zu lüften.«
»Wir sind Detektivinnen«, mischte sich nun auch Kim ein. »Wenn Sie möchten, können wir uns auf dem Hof einmal umsehen.«
»Aber klar doch!« Franzi strahlte und zückte die Visitenkarte der drei !!!. »Wir lösen jeden Fall!«

Die Frau musterte die Karte. Manchmal machten Erwachsene Scherze oder nahmen das Detektivbüro nicht ernst. Hanne

Liebig hingegen wirkte erleichtert. »Ich würde mich sehr freuen, wenn ihr mich begleitet. Und ihr könnt mich gerne duzen.«

Die drei !!! meldeten sich bei Franzis Eltern ab, holten ihre Fahrräder und fuhren gemeinsam mit Hanne los. Sie radelten durch ein Eichenwäldchen, vorbei an einem Reitstall und weiten Feldern und Wiesen, bis sie Sonnengrund erreichten. Es war ein kleiner Ort, der sich auf zwei Straßen verteilte. Bei einem kleinen leer stehenden Laden bogen sie auf eine Straße ab, die in einem Feldweg endete. Die Räder holperten über den unebenen Boden und die Mädchen waren froh, dass sie bereits nach der ersten Kurve am Ziel waren.
»Willkommen auf dem Sonnenhof«, sagte Hanne Liebig mit belegter Stimme.
»So romantisch hatte ich mir das gar nicht vorgestellt«, staunte Marie. Im Schatten von hohen Bäumen stand ein Fachwerkhaus mit eingefallenem Reetdach und einem angrenzenden

Stallgebäude. Wilde Blumen wuchsen, wie es ihnen gefiel. Richtig heimelig wirkte der mintgrüne Bauwagen, den Hanne vor dem Haus am Rand einer Wiese geparkt hatte – mit einem Sonnensegel über der Tür und Ketten aus bunten Lampions.
Kim sah sich aufmerksam um. »Hanne, kannst du uns genauer erklären, was sich hier ereignet hat? Alle Details können wichtig sein.«
»Nun, ich arbeite hier seit April. Strom, Internet und Wasseranschluss hat mir ein Handwerker aus der Nachbarschaft gemeinsam mit seinem Azubi gelegt. Allerdings ist der Weg aus der Stadt mit dem Rad ganz schön weit und ich habe mich entschieden, für den Sommer ganz hier zu wohnen. Vorgestern bin ich mit Sack und Pack eingezogen. Und die erste Nacht habe ich geschlafen wie ein Stein. Aber gestern lag ich noch lange wach. Ich habe versucht, etwas zu lesen. Da hörte ich eine Art Heulen.«
»Vielleicht ein Hund?«, überlegte Kim.
»Das habe ich auch gedacht«, meinte Hanne. »Aber dann folgte ein Summen. So wie ein Bienenschwarm. Ich habe aus dem Bauwagen geschaut, weil ich neugierig war.« Sie hielt mitten in der Erzählung inne, so als könne sie ihrer eigenen Erinnerung nicht trauen. »Ein blaues Licht schimmerte aus den Ritzen der Wände. Dann erklang eine bedrohliche Melodie. Gleichzeitig spielte der Strom im Bauwagen verrückt. Die Lampe neben meinem Bett flackerte.«

»Blaues Licht, Stromschwankungen und Musik«, wiederholte Marie. »Das klingt wirklich nach einem Spuk.«

»Kein Wunder, dass du danach weggefahren sind«, meinte Kim.

»Das bin ich ja gar nicht«, wandte die Frau ein. »Ich hatte schon etwas Angst, aber ich dachte erst, es wäre nur ein Streich. Deshalb habe ich gerufen, dass ich mich nicht einschüchtern lasse.«

»Sehr mutig«, fand Marie. Franzi und Kim nickten anerkennend.

»Ich habe mich dann sogar getraut, ins Haus zu schauen. Drinnen war jedoch alles dunkel – keine Musik und kein Licht. Ich habe noch den angrenzenden Stall untersucht. Da war aber auch nichts. Dafür hörte ich ein Fauchen.«

»Sicherlich nur ein Tier«, meinte Franzi.

»Ja, eine Katze.« Hanne schloss ihren Bauwagen auf. Sie schwieg einen Moment. »Die Katze hatte definitiv Angst. Sie raste davon, als sei jemand hinter ihr her. Und dann habe ich etwas gespürt … ich kann es nicht beschreiben. So, als würde mich ein sechster Sinn vor einer Gefahr warnen. Plötzlich schien mir die alte Legende von Litha und ihrem Knecht sehr real. Ich wollte nur noch weg, habe meinen Rucksack und das Rad geschnappt und bin zum Winkler-Hof gedüst.«

»Naheliegend, an Geister zu glauben. Aber es kann durchaus auch andere Erklärungen geben«, sagte Kim. »Das blaue Licht könnte zum Beispiel von einer Mückenlampe stammen.«

»So ein Gerät, das Insekten mit blauem Licht in eine Stromfalle lockt?«, fragte Hanne.
»Auf dem Land haben das viele Leute«, erklärte Franzi. »Im Sommer kann es mit den Fliegen schon mal etwas heftig werden.«
Hanne schüttelte den Kopf. »Weder im Stall noch im Bauernhaus gibt es elektrische Geräte.«
»Aber du hast hier doch Strom, oder?«
»Der Bauwagen ist über eine neue Leitung an den Hausverteiler angeschlossen. Aber die alten Kabel im Haus funktionieren nicht mehr.«
»Wenn du erlaubst, schauen wir uns gründlich im Bauernhaus und dem Stall um«, verkündete Kim.
»Macht ruhig«, sagte Hanne dankbar. »Ich bin ja noch hier, bis Andreas kommt.«

Das Bauernhaus war uralt und verfallen. Über der windschiefen Holztür zum Wohnbereich entdeckte Franzi die verwitterte Zahl des Baujahrs. »1776! Ein Wunder, dass das Haus noch nicht komplett eingestürzt ist.«

»Selbst wenn die Legende nur erfunden ist, hat sich hier bestimmt einiges ereignet«, meinte Marie andächtig, während Kim die Haustür öffnete. Die Scharniere quietschten. Als Marie über die Schwelle in das dunkle Gebäude trat, fröstelte sie. Eine feine Gänsehaut bildete sich auf ihren Unterarmen. Nur langsam gewöhnten sich ihre Augen an das Zwielicht. Sie befanden sich in einem großen Raum, der in früheren Zeiten wohl gleichzeitig als Küche, Wohnraum und Schlafzimmer gedient hatte. Die massiven Balken waren krumm und von dem Ruß des Kamins geschwärzt. Auch der Steinboden war von altem Schmutz bedeckt. Die Dielen über ihnen ächzten leise.

Kim ließ sich davon allerdings wenig beeindrucken. »Ich sehe schon mal keine Insektenlampe oder andere technische Geräte. Hanne hatte in diesem Punkt recht.«

Marie wollte gerade etwas erwidern, als sie aus den Augenwinkeln eine Bewegung wahrnahm. Sie zuckte zusammen und schrie auf, als sie die schemenhaften Umrisse einer Gestalt erblickte.

»Marie!« Franzi war sofort bei ihr.

Marie starrte auf das Ding vor ihr. »Nur … ein Spiegel.« Ihr Atem beruhigte sich etwas.

»Uff«, machte Franzi, die nun ebenfalls die schmutzige Scheibe an der Wand entdeckt hatte. Spinnweben, Staub und Fliegendreck hatten die Oberfläche bedeckt, sodass man das eigene Spiegelbild nur noch erahnen konnte. »Unheimlich, aber definitiv kein Geist«, sagte Franzi erleichtert.

»Wenn früher jemand starb, musste man im Haus die Spiegel zuhängen«, erklärte Marie leise.

Franzi runzelte die Stirn. »Warum das denn?«

»Damit sich die Seelen der Verstorbenen nicht darin verfangen.«

Kim spähte zuerst in ein geräumiges Schrankbett, in dem das Bauernpaar früher geschlafen hatte. Dann untersuchte sie den Kamin der steinernen Feuerstelle. Daneben stand ein gusseiserner Herd. Das Neuste war die Spüle, die höchstens fünfzig oder sechzig Jahre alt war. Genau wie die wenigen Lampen, die von den Deckenbalken hingen. Kim klappte den Hebel eines alten Lichtschalters hoch und wieder runter. Nichts passierte.

»Da sind gar keine Glühbirnen drin«, stellte Franzi fest. Sie öffnete eine Tür, die zu einer Kammer führte. »Der Mann, der hier zuletzt gelebt hat, ist schon vor meiner Geburt gestorben. Seine Kinder müssten auch schon Rentner sein. Im Haus haben sie wohl nie etwas renoviert.«

»Ob die wohl hält?« Marie rüttelte an einer Holzleiter, die zu einer Luke über ihnen führte.

»Denke schon.« Franzi ruckelte ebenfalls an der Leiter. Dann stellte sie einen Fuß auf die unterste Sprosse. »Mal sehen, was da oben ist.«

»Sei bloß vorsichtig«, mahnte Kim.

»Keine Sorge.« Flink kletterte Franzi empor. »Hier ist nichts nur ein kleiner, leerer Heubo–«

Im nächsten Augenblick wäre sie beinahe nach hinten gekippt.

»Was ist?«, rief Marie mit zitternder Stimme. Die Sache mit dem Spiegel steckte ihr noch in den Knochen und nun das.

»Nur eine schwarze Katze«, ächzte ihre Freundin.

»Schon wieder eine Katze. Genau wie in der Legende von der schönen Litha!«, entfuhr es Marie. »Das kann kein Zufall sein.«

»Quatsch.« Kim atmete hörbar aus. »Das ist genau das, was passiert, wenn man ein unheimliches Haus betritt. Der Kopf spielt einem Streiche.«

»Das klingt logisch«, räumte Franzi ein. »Meinst du, das ist Hanne gestern Nacht auch passiert? Sie hat sich die Ereignisse eingebildet, weil sie die Legende kennt?«

»Es ist eine naheliegende Möglichkeit«, gab Kim zu bedenken. »Wir sollten aber trotzdem noch den Stall unter die Lupe nehmen und keine voreiligen Schlüsse ziehen.«

Als sie aus dem Haus traten, fuhr ein Auto auf den Hof. Ein schwarzhaariger Mann mit grauen Schläfen parkte neben dem Bauwagen und stieg aus.
»Andreas!«, rief Hanne erleichtert. »Endlich!«
»Na, wo ist denn der Geist?«, scherzte der Mann.
»Nicht lustig, Schatz.« Hanne drückte ihm die Reisetasche in die Hand. »Du kannst ja mal eine Nacht hier verbringen. Dann vergeht dir auch das Lachen.«
»Bei den Mückenschwärmen bestimmt.« Andreas schlug mit der Hand in die Luft. »So viel Natur ist ungesund.«
»Hanne, dürfen wir auch ohne dich noch etwas hierbleiben?«, fragte Franzi.
Die Frau nickte. »Von mir aus dürft ihr sogar im Bauwagen übernachten. Aber nur, wenn eure Eltern das erlauben.«
Eine Nacht auf dem Hof! Die Aussicht, Mittsommer an einem wirklich magischen Ort zu verbringen, erfüllte Marie gleichzeitig mit Vorfreude und Angst. Ihren Freundinnen ging es offenbar ganz ähnlich.
»Papa wollte unbedingt mal sein neues Zelt ausprobieren«, verkündete Franzi voller Zuversicht. »Das wäre doch die Gelegenheit. Wir ziehen in den Bauwagen und er testet sein Campingzeug gleich daneben.«
Hanne lächelte Franzi an. »Meldet euch, wenn ihr etwas herausfindet!«

»Moment«, bat Kim, ehe Hanne ins Auto steigen konnte. »Darf ich noch fragen, wo du das Licht genau gesehen hast?«
»Dort drüben.« Sie deutete auf die lange Südmauer des Gebäudes. »An der Stelle müsste innen die Wand zwischen dem Stall und dem Wohnbereich liegen.«
»Dann werden wir diesen Bereich noch mal genauer untersuchen«, sagte Kim.
»Ich hoffe, ihr findet eine logische Erklärung.« Hanne übereichte den Mädchen den Schlüssel zum Bauwagen und wünschte ihnen viel Erfolg.

Die drei !!! hatten Glück. Herr Winkler war tatsächlich einverstanden, sein neues Zelt auf dem Sonnenhof zu testen. Er versprach, gleich nach der Arbeit zu ihnen zu fahren. Damit stand der Aktion *Mittsommer* nichts mehr im Weg.
Die Mädchen holten schnell ihre Sachen aus Franzis Zimmer und bekamen von Frau Winkler einen Korb mit reichlich Proviant überreicht. Nachdem Franzi ihr Pony Tinka und das Huhn Polly versorgt hatte, radelten sie zurück zu dem alten Hof. Inzwischen war es Abend geworden. Die Sonne schien

jedoch noch und nicht eine einzige Wolke war am Himmel zu sehen.
Kurz vor dem Ziel trafen sie Franzis Schwester Chrissie. Sie kam ihnen auf ihrem Fahrrad entgegen, ein Junge fuhr hinter ihr.
»Schon fertig mit dem Referat?«, fragte Franzi.
»Nein«, murrte Chrissie. »Aber Emma und Emil müssen jetzt Klavier üben und dann beim Abendbrot helfen. Frau Fissmann, ihre Mutter, ist super streng.«
»Die ist echt so«, bestätigte der Junge. »Emil und Emma dürfen auch nicht zum Sommerfest am Baggersee. Aber Chrissie und ich lassen uns das nicht entgehen. Mittsommer ist nur einmal im Jahr.«
Als sie kurz darauf weiterfuhren, drehte sich Marie noch einmal um. »Sommerfest klingt auch nicht schlecht.«
»Marie!«, schalt Franzi.
Auch Kim winkte sofort ab. »Falls ihr euch erinnert: Wir haben einen Fall!«
»Ganz richtig.« Franzi trat kräftig in die Pedale. »Wer als Erstes beim Sonnenhof ist!«

Hier muss es gewesen sein.« Kim strich mit den Fingern über die raue Oberfläche der Backsteine.

Die drei !!! versuchten, durch kleine Ritzen ins Gebäude zu spähen, aber da war nur schwarze Finsternis. Kurz glaubte Marie, ein blaues Schimmern zu sehen, aber der Eindruck verschwand so schnell, wie er gekommen war.

»Wir schauen mal in den Stall«, schlug Kim vor.

Verwundert stellte Marie fest, dass es dort gar nicht so finster war wie erwartet. Es gab größere Löcher im Reetdach, durch die das Abendlicht fiel. Staubpartikel tanzten langsam in den Strahlen.

»So ein leerer Stall ist komisch«, fand Franzi. In den Verschlägen, in denen früher Kühe und Pferde gestanden hatten, befanden sich jetzt Gerümpel, Bretter, Stapel aus Mauersteinen und ein Traktor ohne Reifen. Die Heuhaufen waren mit dicken Spinnweben und Taubendreck überzogen und in einem Trog entdeckte Marie die Überreste eines Nests.

»Ich wette, Hanne hat einfach nur eine Katze auf der Jagd überrascht«, meinte Kim, als sie einen Bretterstapel inspizierte, der an die Wand zum Wohnhaus gelehnt war. Sie untersuchte das Mauerwerk – jedoch ohne Erfolg.

»Ja, vielleicht war es die schwarze Katze, die ich drüben auf dem Dachboden gesehen habe.«

Kim räumte die letzten Bretter beiseite. »Schade, kein Geheimgang.«

»Dafür geht es hier in den Wohnraum.« Marie deutete auf eine Tür in der Wand, hinter der sie den gusseisernen Herd und die Spüle vermutete. Sie schob einen Riegel beiseite. Überrascht stellte sie fest, dass vor ihr nicht etwa die Küche lag, sondern eine dunkle Kammer. Marie schaltete ihre Taschenlampe ein und ließ den Strahl durch den Raum gleiten. Die Dunkelheit formte sich langsam zu dem Bild einer kleinen Hauswirtschaftskammer. Das einzige Fenster war zugemauert. Außer einem rostigen Metallschrank gab es keine Möbel. Dafür einen Besen, leere Eimer, einen Sicherungskasten und einen Stromzähler. Au-

ßerdem entdeckte Marie eine weitere Tür, die vermutlich an der Nordseite des Hauses ins Freie führte. Der dunkle Raum war weniger altmodisch als der Stall und das Wohnhaus. Es gab keine Spiegel, keine Spinnweben und auch keine Katzen, die in den Ecken lungerten. Dennoch spürte Marie hier eine eigenartige Beklemmung, die anders war als das, was sie zuvor wahrgenommen hatte. Der Stromzähler klackte leise. Die muffige Luft, die nach Verwesung roch, vibrierte. Ein Lufthauch streifte Maries Nacken wie ein böser Atem. Der Raum brummte, als wäre er ein Portal in eine andere Welt. Maries Herzschlag beschleunigte sich. Wieder klackte der Zähler. Sie konnte das Unbehagen nicht länger aushalten. Marie machte auf dem Absatz kehrt und lief zurück zu ihren Freundinnen.

»Hast du einen Geist gesehen?«, witzelte Franzi, als sie das Gesicht ihrer Freundin sah.

»Keine Ahnung.« Marie schlang die Arme um den Körper. »Ich glaube, dieser Raum ist böse.«

Ungläubig zückte Kim ihre Taschenlampe. »Lass mich mal nachsehen.«

Kim blieb ebenfalls nicht lange in der Kammer. »Du hast recht. Es ist unheimlich. Wenn dann noch die Geräusche der veralteten Elektrik dazukommen, reicht das aus, um einen in Angst zu versetzen.«

»Hm«, machte Marie. Sie war nicht überzeugt. Das, was sie eben gespürt hatte, war erschreckend real gewesen. »Wie erklärst du dir das Brummen?«

»Vielleicht gibt es hier einen Generator oder einen Wasserkessel.«

»Im Haus waren aber keine Geräte«, erwiderte Marie. »Außerdem hat Hanne hat gesagt, dass der Stromkasten nur noch für den Bauwagen eingesetzt wird.«

»Das Geräusch kann auch von einem Windrad stammen oder von einem Mähdrescher, der in der Nähe arbeitet«, sagte Kim. »Bei tiefen Geräuschen spielt einem das Gehör gerne mal einen Streich.«

»Meint ihr, das Leuchten kam gestern aus dieser Kammer?«, überlegte Franzi.

»Dazu ist sie nicht groß genug.« Kim schüttelte den Kopf. »Sie befindet sich auf der Nordseite. Aber das Licht erschien an der Südseite. Die Tür im Raum geht ebenfalls nach Norden raus. Wir sollten überprüfen, ob sie zum hinteren Garten führt.«

Gemeinsam mit Kim und Franzi traute sich Marie noch einmal in das unheimliche Dunkel. Kim war bereits an der Tür und stieß sie auf. Leise schwang sie beiseite und gab den Blick auf intensives, dunkles Grün frei.

Die Nordseite des Hofs war deutlich verwilderter als das Grundstück, das nach vorne rausging. Seit Jahren hatte hier niemand mehr die Büsche beschnitten.

Allerdings entdeckte Kim gleich neben der Tür ein paar abgeknickte Zweige. »Das ist noch recht frisch. Jemand war vor Kurzem hier.«

»Vielleicht Hanne?« Franzi schob ein paar Äste beiseite und betrat den verwilderten Bauerngarten.

»Noch mehr Spuren.« Kim untersuchte eine Stelle, an der das kniehohe Gras platt gedrückt war.

Marie horchte in sich hinein. Das Gefühl der Bedrohung war fort. Stattdessen empfand sie eine beinahe angenehme Schwermut. Der Garten war so verwunschen, als käme er aus einem Märchen. Er lud dazu ein, sich mit einem Buch hinzusetzen und eine traurige Geschichte über eine unglückliche Liebe zu lesen, während die Sonne immer tiefer sank und die Schatten länger wurden. Marie liebte die Abendstunden. Ganz besonders den magischen Moment, wenn Rot und Gold noch einmal aufflackerten, um dann in ein sanftes Blau überzugehen. So weit war es allerdings noch nicht. An Mittsommer versank die Sonne erst gegen zehn Uhr.

Marie ließ den Blick über den Garten schweifen. Ein Rotkehlchen landete auf einem Holzstapel, der von Efeu und Wicken überwuchert war. Die Blätter der Apfelbäume wisperten im Sommerwind. Ein kleiner Schwarm Mücken tanzte über den weißen Blüten der wilden Schafgarbe und Grillen zirpten im Gras. Dieser Platz war von Leben erfüllt. Marie schloss die Augen und spürte die Energie der Natur. Gab es hier einen guten Geist, der durch den Garten wanderte? Eine Macht, die sie vor dem Bösen beschützen wollte?

»Ist hier jemand?«, flüsterte Marie kaum hörbar.

Statt einer Antwort flatterte das Rotkehlchen davon. Gerade noch rechtzeitig. Eine schwarze Katze sprang auf den Holzstapel. Ihre grünen Augen funkelten die Mädchen an. Ein paar Sekunden verharrte das Tier in dieser Haltung, dann verschwand es mit drei großen Sätzen hinter einer eingestürzten Mauer.

»Katzen können Geister sehen«, sagte Marie.
»Na ja, nicht ganz«, gab Franzi überraschenderweise relativ ernst zurück. »Zumindest weiß ich, dass Tiere Dinge wahrnehmen können, die wir nicht sehen, hören oder riechen können. Sie hören Schallwellen, die für unser Ohr zu hoch oder tief sind. Und es gibt Insekten, deren Augen Ultraviolett sehen können.«
»Gehen wir mal von einer natürlichen Ursache aus.« Kim streifte nachdenklich durch das Gras. »Wer hat einen Vorteil davon, Hanne zu vertreiben?«
»Leute, die das Grundstück kaufen wollen«, schlug Franzi vor. »Und dieser Andreas wäre bestimmt auch froh, wenn seine Freundin wieder in der Stadt wohnt.«
»Gut möglich«, sagte Kim. »Und die Nachbarn?«
»Einige Leute waren zunächst skeptisch, weil Hanne aus der Stadt kommt«, gab Franzi zu. »Aber sie ist so nett, dass sich alle schnell an sie gewöhnt haben – die Mutter von Emil und Emma mal ausgenommen. Aber warum sollte ausgerechnet Frau Fissmann einen Spuk inszenieren?«
Marie war nicht überzeugt. »Ihr wollt unbedingt eine rationale Erklärung finden, aber ich spüre hier tatsächlich etwas Seltsames.«
»Na schön«, räumte Kim ein. »Angenommen, wir haben es doch mit einem ... Spukphänomen zu tun: Wie wäre das Vorgehen?«
»Es gibt verschiedene Möglichkeiten, mit der Geisterwelt Kontakt aufzunehmen«, antwortete Marie. »Für unser Mitt-

sommerfest habe ich ein Buch über Sommerzauber eingepackt. Darin kommen auch ein paar Beschwörungen vor, die wir ausprobieren könnten. Zunächst sollten wir aber auf besondere Zeichen achten.«

»Okay«, sagte Kim. »Was sind das für Zeichen?«

Marie rechnete es ihrer Freundin hoch an, dass sie bereit war, sich mit der Thematik auseinanderzusetzen. »Muster, die sich wiederholen. Tiere, die immer wieder zu einem Ort gehen. Plötzliche Kälte, für die es keine Erklärung gibt. Das unerwartete Ticken einer Uhr, verändertes Licht, elektrische Geräte, die plötzlich nicht mehr funktionieren.«

»So wie die Lampe von Hanne?«, hakte Franzi nach.

»Geisterschwingungen können elektrischen Strom beeinflussen oder ihn für ihre Zwecke nutzen. Zum Beispiel, um den Lebenden Botschaften aus dem Totenreich zu schicken.«

»Du meinst also, dass jemand Kontakt zu Hanne aufnehmen wollte«, fragte Franzi. »Der Geist von Litha?«

»Vielleicht.« Marie blieb bei einem uralten, knorrigen Holunderbaum stehen. Sie berührte die unreifen Blütendolden mit ihren Fingern.

Kim war weiterhin auf Spurensuche und bog die langen Gräser auseinander, die rund um den Baum wuchsen. »Schaut mal, hier sind alte Steine.«

»Der eine könnte ein Grabstein sein!«, rief Marie.

»Ich glaube nicht«, wandte Kim ein. »Es sieht für mich doch eher nach den Überresten einer alten Mauer aus.«

Ein tiefes Brummen erklang. Ein Vogel flatterte aus einem der hohen Bäume auf. Das Brummen wurde lauter, dann erstarb es. Die drei !!! sahen sich an, dann mussten sie erleichtert lachen. Das Geräusch gehörte eindeutig zu einem näher kommenden Auto.

»Schluss mit dem Gespenster-Quatsch!« Franzi kriegte sich als Erste wieder ein. »Leute, wir können nicht bei jedem Geräusch in Panik geraten.«

Sie hörten, wie der Motor des Autos erstarb.

»Zeit fürs Abendbrot«, verkündete Franzi. »Papa ist da.«

Herr Winkler hatte eine beachtliche Campingausrüstung dabei. Da sie alle Hunger hatten, verschoben sie den Aufbau auf einen späteren Zeitpunkt. Gemeinsam aßen sie vor dem Bauwagen zu Abend. Da die solarbetriebenen Lichterketten wegen der Helligkeit noch nicht ansprangen, stellte Marie Gläser mit Teelichtern auf. Die angespannte Stimmung verflog mit jedem Bissen von den Köstlichkeiten, die Franzis Mutter eingepackt hatte. Sogar Marie entspannte sich. Die Grillen musizierten im trockenen Gras, die schwarze Katze schlief auf einem flachen Stein und Herr Winkler schwärmte von seinem neuen Zelt, mit dem er unbedingt einen großen Familienausflug in den Norden machen wollte. Nach dem Essen zogen sie Streichhölzer, wer den Abwasch im Bauwagen übernehmen musste. Franzi und Kim erwischten die kurzen Hölzer. Herr Winkler machte sich daran, das Zelt aufzubauen, und Marie schnappte sich ihr Buch über die Geisterwelt und suchte sich einen Platz zum Lesen. Natürlich mög-

lichst nah bei den anderen. Sie begann mit dem Kapitel *Pforten zum Jenseits*. Darin ging es um Portale, die einen Ort mit der Geisterwelt verbanden. Selbst Marie fand die Beschreibungen etwas übertrieben. Schnell blätterte sie weiter zum Kapitel *Schutzzaube*r. Dass man Häuser zur spirituellen Reinigung mit Weihrauch und weißem Salbei ausräuchern konnte, war ihr schon bekannt. Zu dumm, dass sie genau diese Kräuter nicht dabeihatte. Dafür wurde erklärt, dass Holunder Schutz vor bösen Geistern bot. Marie dachte daran, dass sie sich im verwilderten Garten nicht mehr so unwohl gefühlt hatte wie in der Kammer. Lag das an dem blühenden Holunderbaum? Und war es möglich, dass Lithas friedlicher Geist im Garten wohnte, während im Haus die negative Energie aus dem Schattenreich vorherrschte? Die Detektivin in ihr wehrte sich gegen so eine Vorstellung. Marie wusste nicht mehr, was sie glauben sollte. Eigentlich war ihr nur eine Sache klar: Ihre Angst war real.

»Brauchst du Hilfe?«, rief Franzi.

»Ich?« Marie sah auf. Ihre Freundin hatte jedoch gar nicht mir ihr gesprochen, sondern mit ihrem Vater. Der hatte inzwischen das Zelt aus dem Kofferraum geholt und es mühsam aus der Hülle gezogen.

Herr Winkler schüttelte mit stolzer Miene den Kopf. »Das geht auch so. Das neue Zelt baut sich praktisch von selbst auf. Man muss es nur mit viel Schwung auf die Wiese werfen.«

Ganz so einfach war es dann jedoch nicht.

Er brauchte mehrere Würfe, verhedderte sich in einer Schnur und trat beinahe auf die schwarze Katze, die fauchend das Weite suchte.

Kim, Franzi und Marie halfen beim Zeltaufbau, was sie eine ganze Weile von der Umgebung ablenkte. Irgendwann stellte Marie zwischen Schnüren und Zeltplane fest, dass die Dämmerung bereits eingesetzt hatte. Eine tiefrote Sonne spiegelte sich in den Fenstern des Bauwagens und ließ sie aufglühen wie rote Augen. Danach veränderte sich das Licht beinahe schlagartig von den warmen Rottönen zu einem kühlen Blau. Es war so weit: Der Tag wurde von der Nacht abgelöst.

Während Marie den Wechsel beobachtete, kämpften die anderen noch immer mit dem Camping-Ungetüm.

»Kein Problem, das haben wir gleich«, verkündete Herr Winkler und machte sich an den Heringen zu schaffen, an denen die Zeltschnüre hingen. Bevor es ihm gelang, das Zelt damit am Boden zu verankern, rutschte er jedoch ab.

»Au! Ah!« Herr Winkler hielt mit schmerzverzerrtem Gesicht die rechte Hand hoch. »Ich habe mich an etwas geschnitten.«

Entsetzt sah Marie die dunkelroten Blutstropfen, die sich auf der Innenfläche der Hand bildeten. Der erste löste sich bereits von der Haut und fiel ins Gras. Marie stand stocksteif da.

Zum Glück reagierte Kim pragmatisch und reichte Herrn Winkler ein sauberes Tuch, das er um die Wunde wickeln konnte.

»Eine rostige Dose steckte im Boden!«, stellte Franzi fest, die neben ihrem Vater gearbeitet hatte. »Da sieht man mal wieder, was Müll in der Natur alles anrichten kann.«

»Gut, dass ich gegen Tetanus geimpft bin«, sagte Herr Winkler, als Franzi den Verbandskasten aus dem Wagen geholt hatte. »Das Camping kann also weitergehen!«

Keine fünf Minuten später klingelte jedoch schon das Diensthandy von Herrn Winkler.

»Ich muss einmal schnell zu einem Reitstall im Nachbarort und nach einem frisch geborenen Fohlen sehen«, verkündete er nach dem Gespräch.

Franzi sah ihren Vater besorgt an. »Kannst du denn fahren?«

»Meine Hand ist okay. Und ich komme gleich zurück. Falls in der Zwischenzeit etwas passiert, lauft ihr rüber zu Fissmanns.«

»Ne, auf die Fissmann kann ich echt verzichten«, maulte Franzi.

»Ich spreche ja auch von einem Notfall«, räumte ihr Vater ein. »Ein Notfall, der hoffentlich nicht eintritt.«

Mit dem Untergang der Sonne hatte sich die Stimmung auf dem Hof geändert. Die Vögel waren verstummt, Nebelschleier stiegen aus den Gräben und die schwarze Katze wirkte plötzlich rastlos und nervös. Trotzdem schlug Kim vor, erneut auf Spurensuche zu gehen.

Was sie jedoch als Erstes sahen, war ein grauer Schatten, der aus den Rosenbüschen sprang.

»Minzi!«, rief Franzi. »Was machst du denn hier?«

»Das ist doch die Katze von den Fissmanns, oder?«, fragte Kim. »Darf die hier rumlaufen? Sie ist doch verletzt.«

»Wir müssen sie einfangen«, sagte Franzi entschlossen.

Die Mädchen versuchten, dem Tier den Weg abzuschneiden, doch Minzi entwischte ihnen um Haaresbreite. Trotz ihrer verletzten Pfote schoss sie wie ein Pfeil durch die halboffene Tür des alten Bauernhauses.

Die Mädchen schnappten ihre Taschenlampen und betraten nun ebenfalls das Gebäude. Maries Licht blendete die aufgeregte Minzi, die vor dem alten Herd saß. Ihre Augen leuchteten auf. Dann huschte sie unter den Herd.

»Da kann sie uns nicht entwischen«, freute sich Franzi. Doch da hatte sie sich getäuscht. Wenn die drei !!! auch keine Geheimtür für Menschen entdeckt hatten, so gab es hier zumindest eine für Katzen. Unter dem Herd befand sich

ein Loch im Mauerwerk – gerade so groß, dass Minzi sich hindurchquetschen konnte.
»Die läuft rüber zum Stall!« Kim sprang auf. »Kommt.«
Franzi blieb vor dem Herd hocken. »Ihr treibt sie zurück und ich schnappe sie mir.«
Marie und Kim eilten aus der Tür ins Freie, nur um durch die nächste Tür wieder in das Dunkel des alten Gemäuers zu laufen. Eilig begannen sie, den unteren Bereich der Wand abzusuchen. Aber hier gab es kein Loch. Marie starrte auf das bröckelige Mauerwerk. »Wo ist Minzi hin?«
»Es muss einen Hohlraum in der Wand geben«, sagte Kim. »Warte.« Sie hielt die Hände hoch, als würde sie etwas ausmessen, und brummte vor sich hin. Auf Maries Fragen reagierte sie nicht. Stattdessen lief sie rüber ins Wohnhaus, wieder heraus und noch einmal in den Stall.
»Kim!«, beschwerte sich Marie. »Was machst du?«
»Es hätte uns viel früher auffallen müssen.«
»Was denn?«
»Die Wand im Stall ist etwas weiter links. Aber der Wohnraum endet schon knapp zwei Meter davor. Das bedeutet, dass sich ein Raum dazwischen befindet.«
»Eine Kammer ohne Fenster«, sagte Marie.
»Genau. An der Nordseite liegt der Hauswirtschaftsraum. An der südlichen Wand müsste sich auf derselben Höhe ein ähnlich großer Bereich befinden. Früher war dort vielleicht ein Flur, oder eine Speisekammer.«

Kim hielt ihr Ohr an die Wand.
»Ist Minzi noch da drinnen?«
»Keine Ahnung«, gab Kim zu. Sie sah mit einem Mal gestresst aus. »Aber da ist irgendein Geräusch. So etwas wie ein Summen. Ich sage es ungern, aber es macht mir Angst.«
»Wir sollten rausgehen«, fand Marie.
Ausnahmsweise widersprach Kim nicht.
Draußen trafen sie Franzi. Sie hielt die graue Katze im Arm.
»Minzi kam eben aus dem Loch geschossen, als wäre sie einem Dämon begegnet.«

Die Katze strampelte unruhig. Franzi versuchte, sie festzuhalten, aber da hatte sie sich schon aus dem Griff gewunden und sprang davon.

»He! Warte!« Marie wollte ihr den Weg versperren. Aber Minzi fegte davon.

»Ich hab sie!«, rief Kim, doch da war die Katze zwischen ihren Beinen hindurchgehuscht und wieder im Haus verschwunden.

»Sie findet uns gruseliger als das Spukhaus«, schimpfte Franzi.

»Sag mal, wo bleibt eigentlich dein Vat…« Marie brach mitten im Satz ab, als sie eine Bewegung an der Auffahrt wahrnahm. »Jemand kommt!«

Zwei Gestalten huschten direkt auf den Hof zu: Emma und Emil Fissmann – Chrissies Freunde aus der Nachbarschaft.

»He!« Franzi winkte ihnen zu. »Sucht ihr Minzi?«

»Ja, leider.« Emma machte ein besorgtes Gesicht. »Wir sind heimlich aus dem Fenster gestiegen. Mama darf nicht mitbekommen, dass Minzi abgehauen ist. Wo wir doch gerade erst die teure Tierarztrechnung bezahlt haben.«

»Die Katze ist hier«, berichtete Kim. »Aber sie wollte sich nicht fangen lassen.«

»Kein Wunder«, sagte Emil. »Das hier ist der angesagteste Treffpunkt für alle Fellnasen in der Umgebung. Für Katzen ist es ein einzigartiges Mäuse-Buffet.«

»Das mag sein, aber Minzi sollte mit der verletzten Pfote nicht draußen herumlaufen«, sagte Franzi. »Wir müssen sie so schnell wie möglich einfangen.«

»Minzi!«, rief Emma zögerlich.

»Sie ist im Haus«, sagte Franzi. »Wenn wir Pech haben, ist sie wieder in der Geheimkammer.«

Emil starrte Franzi an. »Was für eine Geheimkammer?«

»Zwischen dem Stall und dem Wohnbereich muss es einen versteckten Raum geben«, erklärte Kim. »Minzi kann durch ein Loch unter dem Herd hineinhuschen.«

Emma wurde bleich. »Das Knechtzimmer!«

»Du weißt, dass es diesen Raum gibt?« Kim sah das ältere Mädchen verwundert an.

Emil nickte. »Man sagt, dass der Knecht durch seine Kammer in die Schattenwelt gegangen ist. Danach wurde sie zugemauert.«

Emma starrte ins Haus. »Wir holen Minzi da jetzt raus und dann verschwinden wir.«

»Könnt ihr mal hier leuchten?« Emil betrat als Erstes den Wohnraum, dich gefolgt von seiner Schwester.

»Da ist sie! Auf dem Tisch.«

Minzi starrte ihnen mit zuckendem Schwanz entgegen. Sie war sichtlich nervös.

»Alles ist gut, meine Süße!« Emma näherte sich langsam ihrem Haustier. »Alles ist gut!«

Minzi entspannte sich etwas. Schon war Emil bei ihr und schnappte sie. Emma kramte umständlich ein Katzengeschirr

aus ihrer Umhängetasche. Wie ein Hund wurde die Ausreißerin an die Leine gelegt, was ihr sichtlich schlechte Laune bereitete.

»Geht nicht anders«, entschuldigte sich Emil.

Fast gleichzeitig setzte ein Flüstern ein. *»Lithaaaaa!«* Marie zuckte zusammen. Minzi machte einen Satz, kam an der Leine aber nicht weit.

»Lithaaaaaaaaa!«

Kim lauschte angestrengt. »Das kommt aus der Wand. Dort, wo die Kammer sein muss.«

»Leute, ich will hier raus!« Emma packte ihren Bruder an der Schulter. »Lass uns heimgehen.«

Kim ignorierte Emmas Angst und inspizierte erneut das Mauerwerk. »Hier gibt es keinen Eingang.«

»Die Kammer wurde ja auch verschlossen«, presste Emma hervor.

»Ich sehe keine zugemauerte Stelle«, erwiderte Kim. »Aber wir haben die entsprechende Wand im Hauswirtschaftsraum noch nicht überprüft. Das sollten wir nachholen.«

»Seid ihr von allen guten Geistern verlassen?« Emma krallte sich an ihrer Tasche fest, während sie Kim anstarrte. »Wir müssen abhauen. Am besten kommt ihr mit zu uns.«

Ein grausiges Stöhnen und Ächzen erklang. Dann ein Kratzen und Schleifen. »*Lithaaaaa!*«

»Hmm.« Kim verschränkte die Arme. »Warum gehen wir nicht alle gemeinsam nachsehen?«

Im Hauswirtschaftsraum rüttelte Kim an den Türen des Metallschranks. »Marie, dein Einsatz ist gefragt.«

Mit zitternden Händen zückte Marie ihr Dietrichset, das inzwischen zur Standardausrüstung der drei !!! gehörte. Sie war geübt darin, Schlösser zu knacken. Aber heute dauerte es etwas länger.

»Ich stehe das nicht durch«, jammerte Emma.

»Durchhalten lohnt sich«, sagte Kim. Kaum hatte Marie das Schloss geöffnet, riss sie die Tür mit Schwung auf.

»Na, wer sagt es denn!«

Der rostige Metallschrank besaß keine Rückwand. Die offene Tür gab stattdessen den Blick auf einen dunklen Raum frei. Das unheimliche Stöhnen kam eindeutig von dort. Kurz flackerte ein blaues Licht auf.

»Stellt es aus«, sagte Kim.

»Was?«

»Na, die Sounddatei.« Kim deutete auf Emma. »Dein Handy liegt doch in der Umhängetasche. Bevor die Töne kamen, hast du hineingegriffen. Die Boombox in der Kammer hat die Datei dann abgespielt.«

»Wieso sollte ich das tun?«, fragte Emma entgeistert.

»Weil ihr nicht riskieren konntet, dass wir diesen Raum finden.«

»Ihr steckt dahinter?«, fragte Franzi überrascht.

»Ich war mir erst nicht sicher«, gab Kim zu. »Aber dann passte alles zusammen: die Tatsache, dass ihr heute Mittag sofort von einem Spuk ausgegangen seid, die laufende Stromuhr, die abgeknickten Äste vor der Hintertür, die seltsamen Geräusche und die Tatsache, dass eure Mutter euch ziemlich viel verbietet. Ihr habt hier euer Geheimquartier eingerichtet.«

Emil bediente stöhnend einen Schalter. Kühles Licht flackerte auf. Fassungslos starrten die drei !!! auf eine kleine, aber vollständig eingerichtete Gamerzentrale mit Computer, Lautsprechern, Sitzkissen, Chipspackungen und Postern.

»Wie schon vermutet: Ihr habt die Lautsprecher angelassen und sie über Bluetooth bedient«, sagte Kim. »Das unheimliche Brummen war eine Sounddatei im Niedrigfrequenz-Bereich. Leise genug, um kaum wahrgenommen zu werden, aber intensiv genug, um Beklemmungsgefühle hervorzurufen. Mit dem Thema Infraschall habt ihr euch ja gerade bei eurem Referat über Windräder beschäftigt.«

»Angst durch Schwingungen«, gab Emil zu. »Einfach und doch wirksam. Aber wir wollten nur verhindern, dass unser Geheimnis auffliegt.«

Franzi schlug sich mit der flachen Hand an die Stirn. »Ihr habt echt so einen Aufstand gemacht, um heimlich zocken zu können?«

»Unsere Mutter ist total gegen Technik«, verteidigte sich Emma. »Wir haben eine halbe Ewigkeit gespart, um uns das Zeug zu kaufen. Zum letzten Geburtstag gab es dann eine Finanzspritze von Oma und wir konnten loslegen.«

Emil nickte. »Unser Nachbar ist Azubi bei dem Elektriker, der hier alles eingerichtet hat. Er hat dafür gesorgt, dass wir in der Kammer Strom und Zugang zum WLAN haben.«

»Niemand hat etwas gemerkt, solange Hanne Liebig nur tagsüber hier war«, sagte Emma zerknirscht.

»Zu blöd, dass sie ganz hierherziehen wollte«, meinte Marie. »Und statt sie nett zu fragen, ob ihr den Raum behalten könnt, habt ihr den Spuk abgezogen.«

»Gespukt haben wir nur für euch«, versicherte Emma. »Hanne hat nur zufällig das Fantasy-Adventure gehört, das wir gezockt haben. Meine Kopfhörer haben gestreikt und ich dachte, es wäre auch ohne leise genug, aber das war wohl eine Fehleinschätzung.«

Emil nickte. »Als wir sie im Wohnraum hörten, haben wir schnell das Licht ausgemacht und eine Windradsimulation über die Boombox abgespielt.«

»Wir wollten auch mal etwas Spaß haben«, sagte Emma leise.

»Ihr müsst das Hanne beichten«, forderte Franzi. »Immerhin habt ihr ihren Strom und ihr Internet angezapft.«

»Das stimmt«, gab Emil geknickt zu. »Wir werden gleich morgen zu ihr gehen, versprochen.«

»Und was ist mit Mama?«, fragte Emma besorgt.

»Das müsst ihr selbst entscheiden«, sagte Kim versöhnlich. »Vielleicht findet ihr ja gemeinsam eine Lösung.«

»Wichtig ist, dass Hanne wieder auf den Sonnenhof ziehen kann«, sagte Franzi zufrieden. »Ganz ohne Geister.«

Herr Winkler kam eine halbe Stunde später zurück und berichtete nur noch knapp von dem Fohlen, das zum Glück ganz gesund war.

Der Morgen graute schon, als sie endlich alle in einen tiefen Schlaf fielen – die Mädchen im Bauwagen und Herr Winkler im Zelt. Die ersten Vögel begannen mit ihren Liedern und die schwarze Katze rollte sich gemütlich auf dem Dachboden zusammen. Die ersten Sonnenstrahlen fielen durch die Apfelbäume im Garten und schienen auf den uralten Holunderstrauch. Niemand bemerkte den Nebelhauch, der aus dem Gras emporstieg und sich sanft verflüchtigte.

IRRLICHTER
IM
FINSTERMOOR

Herr Winkler steuerte den Familienkombi über eine enge Straße, die von dichtem Wald gesäumt war. »Demnächst müsste Hellental kommen«, erklärte er nach einem kurzen Blick auf das Navi.
»Können wir gleich zu den Wildponys gehen?«, fragte Franzi und schaute gespannt aus dem Beifahrerfenster. Doch bislang waren nur Bäume zu sehen, schon seit einigen Kilometern fuhren sie durch einen dichten Wald.
Herr Winkler verbrachte einige Tage in dem kleinen Ort Hellental, um sich mit Kristin, einer alten Freundin, zu treffen. Die beiden hatten zusammen Tiermedizin studiert und Kristin betreute seit einigen Jahren ein Forschungsprojekt in Hellental, bei dem Auerochsen und Wildponys eine wichtige Rolle spielten. Als Franzi davon gehört hatte, war sofort klar, dass sie ihren Vater begleiten musste, es ging schließlich um Ponys! Ihre besten Freundinnen Kim und Marie hatte sie ebenfalls eingeladen und natürlich hatten beide begeistert zugesagt.
Fünf Minuten später hielt der Wagen vor der Pension, einem kleinen Fachwerkhaus mit einem Schild über der Haustür: *Pension Waldblick*. »Das Haus sieht so süß und gemütlich aus«, meinte Kim und öffnete die Autotür. »Hoffentlich ist unser Zimmer oben und wir haben wirklich Waldblick.«
Herr Winkler lud die Koffer aus, die Mädchen schnappten sich ihr Gepäck und stiegen die Stufen zur Eingangstür hinauf.

Franzi sah, dass die schwere Holztür nur angelehnt war, und drückte sie auf. Ein schmaler, in schummriges Licht getauchter Flur lag vor ihr.

»Hallo?«, rief Franzi. Niemand antwortete.

Sie ging weiter hinein, Kim und Marie folgten ihr.

»Hallo, ist hier jemand?«, rief nun auch Kim zaghaft.

Wieder keine Antwort.

Plötzlich rumpelte es über ihnen, das Licht erlosch.

Ein kurzer Schrei entfuhr Marie, der Kim wiederum so sehr erschreckte, dass sie ihren Koffer fallen ließ.

»Du hast fast meinen Fuß erwischt!«, ächzte Franzi. »Ist denn hier kein Lichtschalter?«

Wieder hörten sie ein Poltern, dieses Mal links von ihnen. Eine Tür knarzte und Kim sog geräuschvoll Luft ein.

Es wurde hell.

»Ach, hallo, da habe ich doch richtig gehört!«, sagte eine kleine Frau mit grauen, schulterlangen Haaren, die aus einer Tür in den Flur trat. »Ich hoffe, ihr habt euch nicht erschreckt.«

»Kein bisschen«, grinste Franzi.

Während die Frau ans Ende des Flures zu einem Tresen ging, erklärte sie, dass die Stromleitungen im Haus schon alt seien. »Da flackert das Licht manchmal etwas. Ich muss da mal nachsehen ... Ihr seid die Winklers, stimmt's?«, fragte sie.

»Ein Teil von Familie Winkler zumindest«, sagte Herr Winkler lächelnd, der ebenfalls eingetreten war.

»Schön, dass ihr hier seid«, sagte die Frau. »Ich bin Annelie Schulte und führe die Pension mit meinem Mann Walter schon seit ...«, sie überlegte, »... 43 oder 44 Jahren. Seit Ewigkeiten jedenfalls. Ich zeige euch eure Zimmer, sie liegen im Obergeschoss.«

Annelie Schulte ging die steile Treppe voraus. »Ach, Walter, da bist du ja«, rief sie. »Wie lange haben wir die Pension schon?«

Walter Schulte stand auf einer Leiter und war dabei, die Glühbirne in einer der Deckenlampen auszutauschen.

»Oh je, seit Ewigkeiten«, antwortete Walter Schulte, stieg von der Leiter und begrüßte die neuen Gäste. »Ihr habt Glück, dass ihr heute anreist. Heute Abend findet eine geführte Nachtwanderung durch das Finstermoor statt.«

»Das klingt toll, wann beginnt die Wanderung denn?«, fragte Franzi.

»Bei Anbruch der Dämmerung, gegen 18 Uhr, wahrscheinlich. Ich schaue gleich noch mal in der Zeitung nach«, versprach Walter Schulte.

Franzi wandte sich an ihre Freundinnen: »Wollen wir an der Nachtwanderung teilnehmen?«

»Das ist bestimmt interessant!«, sagte Herr Winkler. »Ihr könnt gerne mitgehen, ich treffe mich später mit Kristin und ein paar Leuten aus ihrem Team. Das wäre sicherlich nicht so spannend für euch.«

Franzi schaute Marie und Kim fragend an und bemerkte Maries skeptischen Blick. Ihr Gesichtsausdruck wurde nicht fröhlicher, als Walter Schulte mit gedämpfter Stimme sagte: »Ihr müsst nur aufpassen, dass ihr keinem Irrlicht im Moor begegnet.«

»Ach Walter, mach den Mädchen doch keine Angst!«, rief Annelie. »Immer diese alte Geschichte ...«

Kim wurde sofort neugierig und fragte nach, was das für eine Geschichte sei. Spannende Erzählungen waren schließlich ihr Spezialgebiet. Kim liebte Krimis und schrieb sogar selbst welche.

»Es gibt hier in Hellental eine alte Sage«, begann Walter Schulte. Seine Frau verdrehte scherzhaft die Augen, wovon sich der Pensionswirt nicht beirren ließ. »Vor Jahrhunderten ist eine Frau ins Finstermoor gegangen und nie wieder zurückgekehrt. Sie muss sich verlaufen haben und hat den Weg nicht wieder herausgefunden. Seither berichten immer wieder Leute von einem hellen Licht oder einer leuchtenden Gestalt im Finstermoor. Ein Irrlicht! Man sagt, um nicht mehr einsam zu sein, locke die Frau unachtsame Wanderer und Spaziergänger tief ins Moor hinein, damit sie fortan mit ihr zusammen im Finstermoor umhergingen.«

Marie schluckte schwer.

Kim blickte zwischen ihren Freundinnen hin und her. »Also, wenn du nicht möchtest, Marie, gehen wir natürlich nicht. Aber wir sind ja nicht allein. Selbst wenn wir ein Irrlicht sehen, lassen wir uns von ihm nicht ins Moor locken!« Kim knuffte Marie in die Seite und zwinkerte ihr zu.

Marie seufzte. »Na gut. Ihr habt gewonnen. Herr Schulte, wo ist der Treffpunkt für die Nachtwanderung?«

Die Nachtwanderung sollte an einem Wanderparkplatz kurz hinter dem Dorfausgang beginnen. Hellental war von einem dichten Wald umgeben, in dem auch das Finstermoor lag. Es führte nur eine Straße in den Ort hinein und auch wieder hinaus, und so mussten Kim, Franzi und Marie nur der Hauptstraße folgen, um zum Treffpunkt zu gelangen. Es dämmerte bereits und ein kühler Wind strich um die Häuser. Franzi zog den Reißverschluss ihrer Jacke bis oben zu.

An beiden Seiten der Hauptstraße standen hübsche Fachwerkhäuser wie die Pension von Annelie und Walter Schulte. Herbstlich leuchtende Blumen zierten einige Fensterbänke. Auf der linken Seite ragten Fichten und bereits kahle Buchen und Eichen fast unmittelbar hinter den Häusern in die Höhe, auf der rechten Seite verliefen wenige Parallelstraßen. Aber außer Ferienwohnungen, Pensionen, zahlreichen Wanderwegen, einem Gasthaus und immerhin einem Campingplatz mit Naturfreibad gab es hier: »Nichts«, stellte Marie fest. »Hier gibt es nichts. Das könnte ich nicht aushalten.«

»Das stimmt doch gar nicht!«, warf Franzi ein. »Hier ist man mitten in der Natur und es gibt Wildpferde, das ist doch cool.«

»Und ein Moor mit spukendem Irrlicht«, kicherte Kim. »Mir würden ein Café und eine Buchhandlung fehlen. Aber hier kommt man so ganz ohne Ablen-

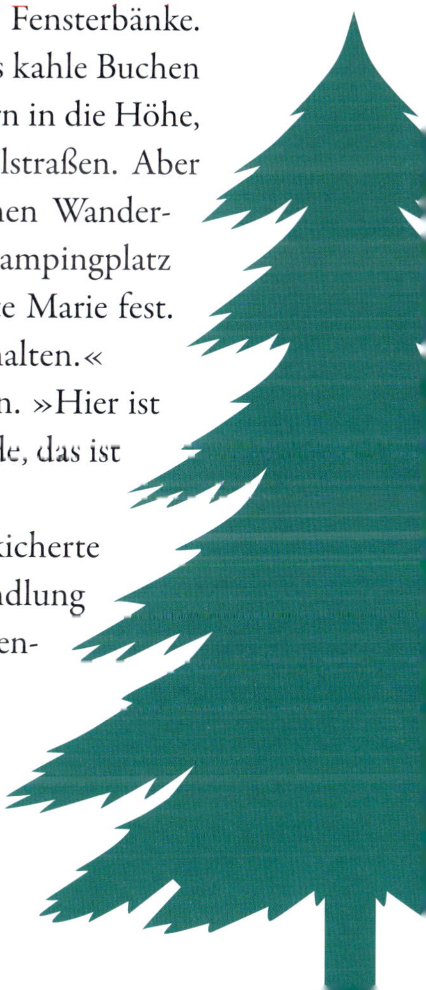

kung bestimmt auf tolle Ideen. In einem kleinen Ferienhaus, direkt am Wald, wenn der Herbstwind an den Fenstern rüttelt …« Kim schüttelte sich. »Schön schaurig. Wenn ich jemals eine Gruselgeschichte schreiben möchte, komme ich hier bestimmt auf Ideen.«

Die drei hatten das Dorf hinter sich gelassen und erreichten bald den Wanderparkplatz. Dort warteten bereits einige Personen an einer hölzernen Tafel.

Als die drei Mädchen zu der kleinen Gruppe stießen, sagte eine junge Frau mit olivgrüner Hose, schweren Wanderschuhen und einer Fleecejacke laut: »So, ich glaube, jetzt sind wir komplett.«

Ihr Hund, der bis eben ruhig und aufmerksam neben ihr gesessen hatte, stand auf. Die Frau tätschelte lachend den Rücken des kastanienbraunen Jagdhundes.

»Kleinen Moment noch, Bonnie«, sagte die junge Frau lachend. »Wir begrüßen jetzt erst mal die Leute.« Bonnie schnaufte und setzte sich wieder.

»Mein Name ist Jasmin Bracht, aber ihr könnt mich sehr gern duzen. Ich bin Försterin im Waldgebiet rund um Hellental. Bevor wir ins Moor gehen, möchte ich euch auf einige Dinge hinweisen«, erklärte sie.

»Vorsicht vor den Irrlichtern!«, flüsterte Franzi.

Marie stieß ihrer Freundin mit dem Ellenbogen in die Seite. »Das ist nicht witzig«, zischte sie zurück.

»Es ist sehr wichtig, dass jetzt alle gut zuhören«, sagte Jasmin und warf einen tadelnden Blick auf Marie und Franzi.
»Durch das Moorgebiet führen Holzstege, wir betreten also nicht das Moor selbst. Darum sollte niemand die Holzstege verlassen und die Gruppe die ganze Zeit über zusammenbleiben. Bei Anbruch der Dunkelheit schalten wir Taschenlampen ein. Hat jeder eine Stirn- oder Taschenlampe dabei? Prima, dann können wir losgehen!«
Die Försterin ging mit Hund Bonnie voran und die Gruppe folgte den beiden über einen geschotterten Weg in den Wald hinein. Es dämmerte und zwischen den hohen Bäumen war es deutlich düsterer als auf dem Wanderparkplatz. Marie hatte sich bei Franzi eingehakt.
Jasmin und Bonnie bogen nach links ab und Franzi konnte schon den Holzsteg erkennen. Dort begann also das Moor. Flach wachsende Pflanzen in verschiedenen Grüntönen bedeckten den fast schwarzen Torf. Pfützen und kleinere Seen durchzogen das Moor links und rechts des Steges. Vereinzelte Birken mit inzwischen fast kahlen Ästen standen in dem feuchten Boden.
Weil Kim, Franzi und Marie schon einmal in einem spannenden Fall inmitten eines Moors ermittelt hatten, wusste Franzi bereits, dass ein Moor viel weniger bedrohlich war, als manche Mythen und Sagen vermuten ließen.

Jasmin blieb stehen. »Wie alle Moore ist auch das Finstermoor in der Eiszeit entstanden«, erklärte sie. »Das Eis schmolz und zugleich regnete es oft, sodass sich Seen bildeten, an deren Grund sich abgestorbene Pflanzen sammelten. So entstand Torf, der Moorboden. Moore sind immer nass und Torf ist besonders sauer, sodass in Mooren ganz spezielle Pflanzen und Tierarten leben, einige davon sehen wir vielleicht gleich noch, bevor es dunkel wird.«

Ein paar Minuten später kniete sich Jasmin hin. »Hier ist zum Beispiel schon eine besondere Moorpflanze, eine fleischfressende Pflanze: der Sonnentau.«

Franzi beugte sich vor und betrachtete das moosartige Gewächs, dessen lange Blätter mit roten Stacheln gesäumt waren, an denen sich Tautropfen zu sammeln schienen.

»Was aussieht wie Wassertropfen«, erklärte die Försterin, »ist in Wahrheit eine klebrige Flüssigkeit, mit der der Sonnentau Insekten anlockt, die daran kleben bleiben. So kann die Pflanze auf dem nährstoffarmen Moorboden prächtig gedeihen. Vielleicht haben wir Glück und entdecken auch den quietschblauen Moorfrosch. Leider ist er nur noch ganz selten zu finden.«

»Warum ist der Moorfrosch so selten geworden?«, wollte Franzi wissen.

»Moore sind bis vor wenigen Jahren trockengelegt worden. Zum einen, um den Torf abzubauen, um ihn für Blumenerde oder als Brennmaterial für Öfen zu nutzen, aber auch, um die

Moorgebiete für die Landwirtschaft nutzbar zu machen.« Jasmin deutete um sich. »Mit so einem nassen Gebiet, auf dem kaum etwas wächst, lässt sich eben wenig anfangen. So dachte man bis vor einigen Jahren. Aber Moore sind ein wichtiger Lebensraum für Tiere und Pflanzen. Außerdem binden Moore das klimaschädliche Gas CO_2. Darum ist es notwendig, Moore zu schützen, und in vielen Gegenden werden sie wieder renaturiert.«

Kim nickte. »Das heißt, das Moor wird wiederhergestellt. Aber wie genau funktioniert das?«

Jasmin erklärte: »Rund um das Finstermoor wurden Dämme errichtet, damit das Wasser im Moor bleibt, der Torfabbau und die landwirtschaftliche Nutzung wurden gestoppt. Allerdings dauert es Jahre, bis das Moor komplett wiedervernässt ist.«

»Das klingt wirklich spannend«, staunte Franzi.

Die Försterin grinste schief. »Schön, dass du so begeistert bist! Aber das freut hier nicht alle.«

»Was heißt das?«, wunderte sich Franzi. »Wie kann man nicht für Naturschutz sein?«

»Na ja, einige mussten überzeugt werden«, meinte die Försterin lachend. »Teile des Moores wurden zurückgekauft, etwa von Landwirten, die ihre Tiere auf den trockengelegten Stellen weiden ließen oder sie zum Anbau nutzten. Die Renaturierung und Wiedervernässung stieß also nicht nur auf Begeisterung, weil die Felder und Weiden zum Teil seit Jahrzehnten in Familienbesitz waren. Aber inzwischen sind alle zufrieden damit und haben die Notwendigkeit verstanden, denke ich.«

Während Jasmins kleinem Vortrag war es dunkel geworden. Die Nachtwanderer schalteten ihre Taschenlampen an und folgten der Försterin mit ihrem Hund.

Jemand sagte leise: »Es ist so dunkel, ein Irrlicht wäre nicht schlecht!«, und einige der Teilnehmenden lachten.

»Das finde ich immer noch nicht lustig«, wisperte Marie und klammerte sich fester an Franzis Arm.

»Marie, du quetschst mir noch den Arm ab«, meinte Franzi kichernd, woraufhin Marie etwas lockerer ließ. Franzi atmete erleichtert auf und stutzte zugleich. Was war das? Sie war sich sicher, ein flackerndes Licht gesehen zu haben. Konnte das sein? Die ganze Gruppe ging doch hinter der Försterin und Bonnie. Hatte sie jemand eben nach dem letzten Stopp überholt? Da war das Licht wieder! Es schwebte tänzelnd und flackernd hin und her.

In der Gruppe wurde unruhiges Murmeln laut. Auch Kim und Marie hatten das Licht nun entdeckt. »Was ist das?«, wisperte Kim erschrocken.

»Hallo? Wer ist da?«, rief Jasmin. Sie drehte sich um. »Ist jemand vorgegangen?«, fragte sie. Doch alle Teilnehmenden waren hinter ihr.

Die Försterin drehte sich wieder nach vorne um, doch das Licht war erloschen.

»Was war das, Jasmin?«, fragte Franzi. Sie konnte das leichte Zittern in ihrer Stimme nicht verbergen. Die Gänsehaut auf ihren Armen ließ langsam wieder nach. Das war wirklich unheimlich!
»Also, das war kein einstudierter Gruseleffekt«, sagte Jasmin mit einem nervösen Lachen. »Dieses Leuchten könnte ein ganz natürliches Phänomen sein, das allerdings extrem selten ist: Es können dem Moor Gase entweichen, die sich selbst entzünden. Das ist aber hier im Finstermoor meines Wissens noch nie vorgekommen.«

»Also doch ein Irrlicht«, flüsterte Marie.
»Das waren vielleicht andere Leute, die auf eigene Faust eine Nachtwanderung machen«, meinte Jasmin betont fröhlich. »Kommt, lasst uns weitergehen!«

Der Rest der Nachtwanderung war ohne weitere Schreckmomente verlaufen. Trotzdem waren die Mädchen froh, wieder in der Pension zu sein. Vor allem Marie. Sie hatte sich sofort ins Bett gelegt und die Bettdecke bis zur Nasenspitze heraufgezogen. Ihre Augen hielt sie weit offen, aber sie musste gähnen.
»Jetzt hast du doch deine Augen zugemacht!«, lachte Franzi. »Vorhin hast du gesagt, du wolltest nie wieder ein Auge zumachen.«
Marie gähnte noch einmal herzhaft. »Ich habe gesagt, ich glaube, ich werde nach diesem Schreck mit dem Irrlicht nie wieder ein Auge zu machen«, antwortete Marie schläfrig.
»Ich bin gespannt, ob du es durchziehst«, sagte Franzi und kletterte auf das Etagenbett über Marie.

Kim steckte ihren Kopf aus der Badezimmertür und sagte mit Zahnpasta im Mund: »Ich gebe Marie zehn Minuten, dann ist sie eingeschlafen.«
»Die Wette gilt!«, antwortete Franzi.
Doch das hörte Marie schon nicht mehr, denn sie schlief bereits tief und fest.

»Vielleicht gehört ihr wirklich zu den wenigen Menschen, die das Irrlicht gesehen haben und ihm entkommen sind«, meinte Walter Schulte. Kim, Franzi und Marie hatten ihm während des Frühstücks in der Pension von der Nachtwanderung am vergangenen Abend erzählt.
»Dafür gibt es sicherlich eine natürliche Erklärung!«, warf Herr Winkler stirnrunzelnd ein.
»Ganz bestimmt!«, sagte Annelie Schulte, die ihren Gästen frischen Kaffee und Kakao brachte. »Walter, also wirklich! Hör auf, den Mädchen noch mehr Angst mit deinen Spukgeschichten einzujagen, und erzähl lieber, was *wirklich* passiert ist.«
»Was denn?«, fragte Franzi neugierig.
»Einer der Dämme ist gebrochen, der das Wasser im Moor halten soll«, berichtete Walter Schulte.

»Gibt es eine Überschwemmung?«, wollte Kim wissen.
»Nein, der Dammbruch wurde zum Glück früh entdeckt. Allerdings sieht es nach mutwilliger Zerstörung aus. Die Polizei aus der Stadt ist auch vor Ort.«
Franzi warf Kim und Marie einen Blick zu. »Wo genau ist der Damm denn gebrochen?«, fragte Marie nach.
Walter und Annelie beschrieben den Mädchen den Weg zum zerstörten Damm.
»Ich ahne, was ihr vorhabt«, sagte Herr Winkler und lächelte, »aber ihr wolltet doch zu Kristin mitkommen, um die Auerochsen und Wildpferde zu sehen.«
»Das werden wir auch, Papa. Gib uns eine Stunde, dann kommen wir nach«, sagte Franzi, leerte ihren Kakao und stand auf. »Wir schauen mal, was da los ist.«
Die drei fanden die Stelle am Rande des Moores schnell. Es parkten nicht nur zwei Polizeiwagen und einige Feuerwehrfahrzeuge mit eingeschaltetem Blaulicht dort, sondern auch eine kleine Gruppe schaulustiger Hellentaler beobachtete die Ermittlungen.
»Es war doch klar, dass uns dieser ganze Quatsch eines Tages auf die Füße fällt!«, sagte ein Mann laut, als sich die drei näherten, zu den Umstehenden. »Erst nehmen sie uns das Land weg und jetzt wird wegen dieses Öko-Unsinns unser Dorf überflutet!«
»Du wurdest dafür entschädigt, Thorsten«, sagte eine Frau. »Und das nicht zu knapp.

Wenn du möchtest, dass auch noch deine Kinder und Enkelkinder eine lebenswerte Erde vorfinden, dann sieh endlich ein, dass es wichtig und richtig ist, das Moor wieder zu verwässern!«

Die anderen Leute, die um die beiden herumstanden, murmelten zustimmend. Der Mann winkte ab und drehte sich um.

Marie ging auf den Mann zu. »Guten Morgen, wir haben Ihr Gespräch zufällig mitgehört. Sie finden die Maßnahmen zur Wiederherstellung des Moores nicht richtig?«

Der Mann zuckte mit den Schultern. »Keine Ahnung«, sagte er nun ruhiger. »Das Stück Land am Rand des Moores, auf dem meine Rinder geweidet haben, hat bereits meinem Großvater gehört! Und vor ein paar Jahren wurde ich dazu gedrängt, es abzugeben. Das tut weh, ein Stück Geschichte der Drewes-Familie einfach so aufzugeben.«

»Aber Sie wurden doch dafür entschädigt und haben Geld erhalten?«, wandte Kim ein.

»Schon«, gab Thorsten Drewes zu. »Aber wer sagt uns, dass sich das lohnt? Eine andere Weide musste ich erst mal finden. Hier gibt es hauptsächlich Wald und wenige Landwirtschaftsflächen. Ein paar Kollegen mussten ihre Landwirtschaft sogar aufgeben. Auch Andreas da drüben.« Er deutete auf einen Mann, der in einigen Metern Entfernung die Arbeit der Feuerwehr beobachtete. »Er hätte fast seinen Hof aufgeben müssen. Er baut Gemüse und Beeren an, dafür musste er auch erst einmal neue Äcker finden!«

»Also sind Sie immer noch wütend über die Renaturierung des Moores?«, schlussfolgerte Franzi.
Der Mann zuckte erneut mit den Schultern. »Ich bin skeptisch. Aber das heißt nicht, dass ich nachts hier herumschleiche und den Damm einreiße«, erklärte er.
»Wenn Sie das nicht getan haben«, sagte Marie mit einem freundlichen Lächeln, »wo waren Sie denn gestern nach Einbruch der Dunkelheit?«
Die drei !!! zuckten zusammen, als Thorsten Drewes in dröhnendes Gelächter ausbrach. Schließlich sagte er: »Ich weiß nicht, was euch das angeht, aber wenn ihr Detektivinnen spielen wollt, bitte schön.«
Er nannte ihnen ein Hotel, in dem er übernachtet hatte, weil er an einer Tagung teilgenommen hatte und erst an diesem Morgen zurückgekommen war.
Die drei !!! verabschiedeten sich von Thorsten Drewes. »Da drüben ist Jasmin«, sagte Franzi und winkte der Försterin. Sie gingen zu ihr und Bonnie, und Jasmin stellte den Mädchen ihren Kollegen Timo vor, der neben ihr stand.
»Wie schlimm ist es, dass der Damm beschädigt worden ist?«, fragte Kim.
»Zum Glück ist es nur diese eine Stelle und bislang konnte nicht viel Wasser abfließen«, berichtete die Försterin. »Die Aufbauarbeiten können beginnen, sobald die Polizei ihre Arbeit beendet hat.«

»Aber es ist natürlich ärgerlich«, fügte Timo zerknirscht hinzu, »die Dämme wurden von freiwilligen Helferinnen und Helfern aufgebaut.«
Marie zog eine silberne Dose aus ihrer Jackentasche. Sie holte eine Karte heraus und reichte sie Jasmin.

»Wir sind Detektivinnen«, erklärte Marie. »Wir möchten in diesem Fall die Ermittlungen aufnehmen. Falls ihr etwas Auffälliges mitbekommt oder im Wald etwas findet, könnt ihr uns gerne informieren.«
»Aber die Polizei ermittelt doch bereits«, sagte Timo erstaunt.
»Wann genau ist der Damm gebrochen, was glaubt ihr?«, wollte Franzi wissen, ohne auf Timos überraschten Einwurf einzugehen.

»Vermutlich in der vergangenen Nacht«, antwortete Jasmin.
»Das Licht!«, rief Kim. »Das Licht, das wir bei der Nachtwanderung gesehen haben, das so plötzlich verschwunden war – vielleicht waren das die Täter!«
»Ja, und wir haben sie aufgeschreckt«, überlegte Franzi.
»Möglich ist es«, sagte Jasmin.
Marie schwieg die ganze Zeit. Was, wenn es doch das Irrlicht war, das sie in der letzten Nacht gesehen hatten?

Vielen Dank, tschüss«, sagte Marie und ließ ihr Handy sinken.
»Und?«, fragte Kim gespannt.
»Thorsten Drewes hat wirklich in dem Hotel übernachtet und hat heute Morgen direkt nach dem Frühstück ausgecheckt.«
»Schade«, seufzte Franzi. »Ohne sein Alibi wäre er eindeutig verdächtig gewesen, so wie er sich über die Wiederherstellung des Moores aufgeregt hat.«
Die drei näherten sich einem Holzhaus am Rand des Finstermoores. Dies war das Naturschutzhaus, in dem sich ein Museum befand und die Büros von Kristin und ihren Kolleginnen

und Kollegen. Hier waren sie mit Herrn Winkler und Kristin verabredet, die schon auf die Mädchen warteten.
»Hallo, schön, euch kennenzulernen!«, grüßte sie die frühere Mitstudentin von Herrn Winkler herzlich. »Ich habe gehört, ihr wollt gern die Auerochsen und Wildponys sehen?«
»Unbedingt!«, entfuhr es Franzi.
»Die Tiere leben auf einem weitläufigen Gelände, das auch aus einem Teil dichten Waldes besteht. Dorthin ziehen sie sich manchmal zurück. Aber um diese Zeit haben wir gute Chancen, sie auf einer der Weiden beobachten zu können«, erklärte Kristin. »Dann mal los.«
»Wie lange wohnst und arbeitest du schon in Hellental?«, fragte Franzi.
»Seit fast fünf Jahren«, antwortete Kristin. »Ich betreue das Projekt der Wiederansiedelung von Auerochsen und Wildpferden mit der Universität aus der nächstgrößeren Stadt zusammen. Mich hat es nach der Uni sofort in die Forschung getrieben und seither habe ich an mehreren Projekten an unterschiedlichen Orten mitgearbeitet. Jetzt bin ich aber schon überraschend lange bei den Auerochsen«, meinte sie lachend.
»Was sind Auerochsen eigentlich genau?«, wollte Marie wissen.

»Eigentlich sind es keine Auerochsen, sondern Heckrinder«, erklärte Kristin. »Auerochsen gab es schon in der Steinzeit, aber sie sind seit einigen hundert Jahren ausgestorben. Forschende haben versucht, die Auerochsen durch Zucht wilder Rinderrassen sozusagen wiederzubeleben, und so ist das Heckrind als nächster Verwandter des Auerochsen entstanden.« Kristin legte die Hand über die Augen, um die Herbstsonne abzuschirmen. »Und ich glaube, ihr habt Glück und lernt die Heckrinder gleich kennen.«

»Oh, das ist ja schön«, freute sich Franzi. »Sind die Wildpferde auch da?«

»Kann gut sein. Wir gehen dahinten auf die Aussichtsplattform. Von da haben wir einen prima Überblick.«

Franzi war so aufgeregt, am liebsten wäre sie vorausgelaufen. Bald konnte sie die Tiere auf der Weide sehen: große Rinder und stämmige Ponys.

»Da sind sie!«, rief Kim. Einige Tiere hoben ihre Köpfe.

»Wir sollten nicht zu laut sein«, sagte Kristin leise und schmunzelte.

»Tut mir leid«, flüsterte Kim. Sie wollte die Tiere natürlich nicht erschrecken und womöglich verscheuchen.

Die hölzerne Aussichtsplattform war etwas höher gelegen und über eine Treppe stiegen Kim, Franzi und Marie gefolgt von Herrn Winkler und Kristin hinauf. Kristin hatte sogar zwei Ferngläser in ihrem Rucksack mitgebracht. »Das dritte Besu-

cher-Fernglas hat leider meine Kollegin mitgenommen«, sagte sie und übergab den Mädchen die beiden Ferngläser.
»Wir wechseln uns ab«, sagte Kim und übergab eines der Ferngläser an Franzi, die es sofort an ihre Augen drückte. Die Auerochsen hatten imposante, geschwungene Hörner. Sie waren dunkelbraun und um ihre Nüstern und Schnauze war das Fell leuchtend weiß. »Sind das Exmoor-Ponys?«, wollte Franzi wissen.
»Ja«, erklärte Kristin. »Das ist eine sehr robuste Pony-Art aus Südengland, die dort auch wild in den Mooren lebt.«
»Warum leben die Auerochsen und Ponys eigentlich hier?«, fragte Marie.
»Ihr habt doch bei der Nachtwanderung erfahren, dass das Moor wieder in seinen ursprünglichen Zustand gebracht werden soll«, begann Kristin. Die Mädchen nickten. »Die Rinder und Ponys leben das ganze Jahr über hier draußen und sorgen dafür, dass keine Bäume und Sträucher wachsen können, die den typischen Moorpflanzen den Platz wegnehmen würden. Sie sind sozusagen ein natürlicher Rasenmäher.«
Kim räusperte sich. »Kann ich jetzt bitte auch mal ein Fernglas bekommen?«

Vor allem Franzi fiel es schwer, sich von den Heckrindern und den Wildponys zu trennen. Doch Kristin versprach den Mädchen, dass sie die Tiere am nächsten Tag noch einmal würden beobachten können. Diese Aussicht besserte ihre Laune direkt.

Herr Winkler wollte sich noch ein Buch von Kristin ausleihen, dass sie erst suchen musste. Solange schauten sich die drei in dem kleinen Museum im Erdgeschoss des Naturschutzhauses um.

»Seht mal«, sagte Kim und deutete auf eine Reihe Schwarz-Weiß-Fotos. »Hier wurden die Gräben ins Moor gegraben, in denen das Wasser abfließen konnte.«

»Ohne Bagger, nur mit Schaufeln und Hacken!«, staunte Franzi. Sie betrachtete eines der Fotos näher, zwei junge Männer waren darauf abgebildet. »Albert Drewes«, las sie auf dem Schild unter dem Foto. »Ob das der Großvater von Thorsten Drewes ist? Könnte passen, das Bild wurde 1952 aufgenommen.«

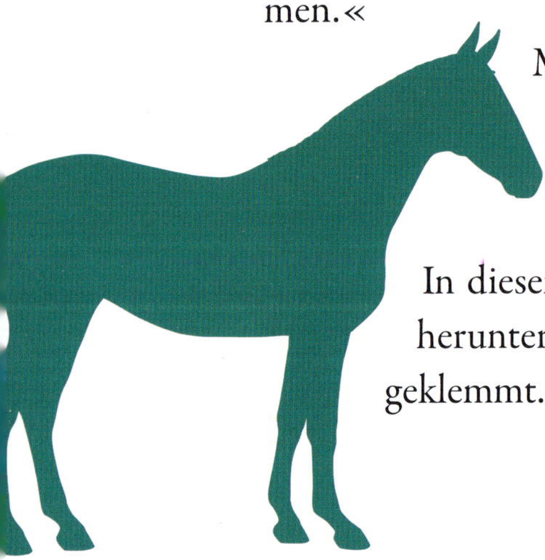

Marie fotografierte das Bild mit der dazugehörigen Erklärung ab. »Wer weiß, vielleicht können wir das noch gebrauchen«, meinte sie.

In diesem Moment kam Herr Winkler die Treppe herunter und hatte ein dickes Buch unter den Arm geklemmt. »Wir können los«, rief er.

Glaubst du, das ist wirklich okay?«, fragte Kim.

Franzi nickte. »Wir haben Papa gesagt, dass wir einen Spaziergang machen. Das stimmt ja auch.«

»Aber dass wir dabei ins Moor gehen, haben wir nicht gesagt«, meinte Kim schuldbewusst.

»Wir gehen nicht weit und es ist auch noch nicht ganz dunkel«, sagte Franzi. »Wir sind eigentlich gleich wieder da. Und wir passen gut auf!«

Nach dem Abendessen in der Pension zog es die drei !!! erneut nach draußen. Sie mussten sich einfach noch mal umsehen. Dafür gingen die drei denselben Weg wie am Abend zuvor, zunächst zum Wanderparkplatz und von dort ein kurzes Stück durch den Wald, bevor sie das Moor erreichten. Kim schaltete ihre Stirnlampe an und auch Franzi und Marie beleuchteten den Weg vor sich. Sie waren allein im Moor. Auf dem Holzsteg klangen ihre Schritte dumpf. Niemand sprach, die Schritte waren das einzige Geräusch. Bis etwas platschte. Direkt neben ihnen! Wie erstarrt blieben die drei stehen. Franzi lauschte, es war nichts mehr zu hören. Ihre Muskeln entspannten sich wieder. »Vielleicht war das nur ein Frosch«, flüsterte sie.

»Bestimmt«, antwortete Marie, doch ganz überzeugt klang sie nicht.
»Licht aus!«, zischte Kim plötzlich. Verwirrt schaltete Franzi ihre Taschenlampe aus und zischte: »Was ist los?« Doch Kim brauchte gar nicht zu antworten: In einiger Entfernung vor ihnen schien ein Licht in der Dunkelheit. Es schwankte und tänzelte leicht hin und her, mal leuchtete es stärker, mal schwächer. Franzi spürte, wie eine Gänsehaut ihren Rücken hinaufkroch.
»Das Irrlicht«, flüsterte Marie tonlos.
Und es kam näher. Franzi schaltete ihre Taschenlampe wieder ein. Mit fester Stimme fragte sie: »Wer ist da?« Sie leuchtete in Richtung des sich nähernden Lichtes. Es erlosch und im Lichtkegel von Franzis Taschenlampe erschien eine alte Frau.
Sie schirmte ihre Augen mit ihrem Arm ab. Franzi senkte überrascht die Taschenlampe.
»Guten Abend«, sagte die alte Frau freundlich. »Was macht ihr denn hier in der Dunkelheit mitten im Moor?«
Die drei !!! waren wie erstarrt. Schließlich sagte Marie: »W… wir machen nur einen Spaziergang.«
»Aber doch nicht nachts im Moor!«, sagte die Frau. »Wohnt ihr im Dorf? Ich bringe euch zurück.«
Franzi wollte widersprechen, sie waren doch mitten in ihren Ermittlungen!

Doch Marie antwortete: »Gerne, das wäre sehr nett! Wir wohnen in der Pension Waldblick.«
»Bei Annelie und Walter, schön.«
»Wohnen Sie schon lange in Hellental?«, fragte Kim.
»Kann man so sagen«, antwortete die Frau. »Schon sehr, sehr lange.«
Die drei erfuhren, dass die Frau Hulda Fricke hieß, und stellten sich ebenfalls vor.
Die gebückt gehende Frau plauderte freundlich mit den Mädchen, die ihr von ihrem Tag bei den Auerochsen und Wildpo-

nys erzählten, und brachte sie bis zur Eingangstür der Pension. Sie verabschiedete sich, aber als Franzi die Tür öffnete, drehte sich Hulda Fricke noch einmal um:
»Achtet auf die, denen etwas weggenommen worden ist«, sagte sie an die Mädchen gewandt, »der Verlust schmerzt häufig lange und lodernd wie ein Feuer aus Wut.« Dann drehte sie sich um und verschwand in der Dunkelheit. Die drei !!! blickten ihr verdattert nach.
»Was meint sie?«, wunderte sich Marie.
»Ich hab keine Ahnung«, sagte Kim und auch Franzi zuckte verwundert mit den Schultern.

Am nächsten Morgen wurden die Detektivinnen von Sirenengeheul geweckt. Franzi sprang auf, zog die Vorhänge zur Seite und sah mehrere Feuerwehrwagen vorbeirasen. Kim und Marie hatten sich verschlafen aufgesetzt. »Was ist denn los?«, murmelte Kim.
»Feuerwehr«, sagte Franzi nur und zog sich rasch an. »Los, aufstehen!«, trieb sie ihre Freundinnen an.
Marie verzichtete Franzi zuliebe auf ihre ausführliche Morgenroutine und so betraten die

Freundinnen nur eine halbe Stunde nach dem Aufstehen den Frühstücksraum der kleinen Pension. Sie waren die Ersten.
»Ist im Ort etwas passiert?«, fragte Franzi das Ehepaar Schulte. Die beiden waren bereits informiert, eine Freundin hatte Annelie Schulte eben erst angerufen, weil ihr Keller unter Wasser stand, es gab wohl auch noch weitere kleinere Überschwemmungen in der Torfhauser Straße.
»Gab es einen Rohrbruch?«, fragte Kim.
Annelie und Walter Schulte wussten leider nicht, was der Grund für die Überschwemmung war.
Franzi warf Kim und Marie einen Blick zu, die beiden nickten.
»Wir kommen in ungefähr einer Stunde zurück zum Frühstück«, sagte Franzi. »Wo ist denn die Torfhauser Straße?«
Es war, wie Franzi sich schon dachte: Die Straße lag ganz unmittelbar in der Nähe des Moores. Die drei !!! beeilten sich.
In der schmalen Straße am Dorfrand war einiges los. Zahlreiche Feuerwehrfahrzeuge und Polizeiwagen mit eingeschaltetem Blaulicht blockierten die Straße, Dorfbewohner liefen hin und her, Eimer mit schlammigem Wasser wurde über Gullys ausgekippt und Lappen ausgewrungen, die Feuerwehrleute schleppte Schläuche in einige der Häuser, um das Wasser aus den Kellern zu pumpen.
In der Nähe einer Gruppe Anwohner hörten die drei !!! ein Gespräch mit und erfuhren so, dass wieder einer der Dämme des Moores gebrochen war.

»Als das Moor trocken war, hatten wir hier keine Überschwemmungen«, sagte eine Frau.

»Der Damm wurde wahrscheinlich wieder mutwillig zerstört«, entgegnete ein Mann. »Diese Überschwemmung ist nicht einfach so passiert.«

»Kommt«, flüsterte Franzi und zog Marie und Kim hinter sich her. »Hier muss der Damm irgendwo zerstört worden sein«, sagte sie. »Wir sollten uns dort etwas umsehen.«

Der Damm bestand aus aufgeschütteter Erde, die von dicken, in die Erde gerammten Holzpfählen gestützt wurde. Die zerstörte Stelle fanden die Detektivinnen schnell. Die Holzpfähle waren zerschlagen und die aufgeschüttete Erde abgegraben worden. Das Wasser, dass sich dahinter aufgestaut hatte, konnte ungehindert abfließen. Noch wurde diese Lücke im Damm nicht geschlossen. »Das muss schnell gemacht werden!«, sagte Franzi fassungslos. »Jede Sekunde zählt, es ist doch so wichtig, dass das Wasser im Moor bleibt.«

»Wir müssen noch warten, bis die Polizei die Ermittlungen abgeschlossen hat«, erklang eine Stimme hinter Franzi.

Franzi drehte sich um. »Guten Morgen, Jasmin. Wie lange wird das etwa noch dauern?«

Jasmin zuckte mit den Schultern. »Ich weiß es leider nicht. Sobald wir ein Zeichen bekommen, legen wir los und bauen den Damm wieder auf. Ein kleiner Bagger und neue Holzpfähle sind schon auf dem Weg.«

Jemand rief nach der Försterin und Jasmin verabschiedete sich hastig.

»Vielleicht können wir uns jetzt ein wenig umsehen«, schlug Kim vor. Sie näherten sich der Lücke im Damm so weit wie möglich. Doch entweder hatte die Polizei schon alle Indizien sichergestellt oder die Täter hatten keine Spuren hinterlassen. Der schlammige Boden war von zahlreichen schweren Schuhen zertreten, einzelne Schuhabdrücke ließen sich nicht mehr ausmachen.

Franzi hatte eine Idee: »Lasst uns in den Wald gehen und uns dem Damm von hinten nähern. Vielleicht können wir dort etwas finden.«

Kim, Franzi und Marie liefen den Damm entlang, bis sie einen Weg in den Wald fanden, dann gingen zurück in Richtung des zerstörten Dammabschnittes. »Wir müssen nach Trampelpfaden Ausschau halten«, schlug Franzi vor.

»Wie sollen wir denn in diesem großen Gebiet etwas finden?«, seufzte Marie.

»Wir müssen es einfach versuchen«, antwortete Franzi.

Die drei !!! machten sich auf die Suche und nach einigen Minuten hatte Franzi Schuhabdrücke gefunden. Sie folgten ihnen. »Ich hab was!«, rief Kim, kurz bevor sie den Damm erreicht hatten. Sie holte ein Paar Einmalhandschuhe aus ihrem Rucksack und hob etwas hoch, das Franzi zunächst für einen dicken Ast hielt. Beim genaueren Hinsehen wurde klar, dass es ein abgebrochener Stiel war. »Vielleicht von einer Schaufel oder einem Spaten oder so?«, vermutete Marie.

»Hier ist etwas eingeritzt«, sagte Kim. »A.D.«, entzifferte sie. »Glaubt ihr, der Stiel hat etwas mit der Zerstörung des Dammes zu tun?«

»Könnte sein«, sagte Marie. »Sollen wir ihn auf Fingerabdrücke untersuchen?«

Kim hatte bereits einen Beutel aus ihrem Rucksack gezogen. »Wahrscheinlich lag er jetzt einige Stunden auf dem nassen Untergrund«, mutmaßte sie, »es wird schwer, brauchbare Fingerabdrücke zu finden.« Trotzdem pinselte sie den Holzstiel gründlich mit Grafitpulver ein und zog ihn anschließend mit Klebebandstreifen ab, die sie in das Detektivtagebuch für unterwegs klebte. Die drei !!! beugten sich darüber.

»Wie ich befürchtet habe«, seufzte Kim, »leider ist kein Fingerabdruck zu sehen.«

»Aber wir haben dennoch einen Hinweis«, sagte Franzi. »*A.D.* Wir müssen herausfinden, wer das ist. Das sind vielleicht Anfangsbuchstaben, Initialen eines Namens, den die Besitzerin oder der Besitzer eingeritzt hat.«

»Wie wollen wir das herausfinden?«, fragte Marie.

»Eine Person, deren Nachname mit *D* beginnt, kennen wir immerhin schon«, sagte Franzi. »Leider Thorsten und nicht ... Albert!«, rief sie plötzlich. »Albert Drewes! Der Opa von Thorsten Drewes. Ihm könnte der Werkzeugstiel gehören!«

»Aber sein Großvater lebt nicht mehr«, warf Kim ein. »Er hat doch den Hof und die Weideflächen, die er wegen der Renaturierung des Moores aufgeben musste, von seinem Opa geerbt.«

Marie hatte schweigend zugehört, jetzt hellte sich ihr Gesicht auf. »Dann hat er vielleicht auch das alte Werkzeug geerbt, das zum Hof seines Großvaters gehörte! Wir müssen ihn befragen!«

In diesem Moment klingelte Franzis Handy. Es war ihr Vater. »Das Frühstück!«, rief Franzi. »Das haben wir komplett vergessen.« Sie nahm den Anruf an und tatsächlich fragte Herr Winkler, wo die Mädchen steckten, und erklärte, dass er im Frühstücksraum auf sie wartete, genau wie eine Kanne heißer Kakao, die Annelie Schulte für sie gekocht hatte. Franzi versprach, dass sie sich beeilen würden. An ihre Freundinnen gewandt sagte sie: »Wir müssen unsere Ermittlungen kurz für ein schnelles Frühstück unterbrechen.«

Was ist denn los mit euch?«, fragte Herr Winkler, nachdem er beobachtet hatte, wie Kim, Franzi und Marie sich hastig etwas zu essen von dem kleinen Buffet genommen und ihren Kakao heruntergestürzt hatten, ohne ein Wort zu wechseln.
Franzi schob sich den letzten Bissen Brötchen mit Erdbeermarmelade in den Mund und erhob sich vom Tisch. »Papa, wir wollen noch mal los«, erklärte sie nuschelnd.
»Wohin denn?«, wunderte sich Herr Winkler. »Ihr wolltet doch noch mal mit zu Kristin kommen.«
»Können wir vielleicht nachkommen?«, fragte Franzi. »Wir sind noch ... mit etwas anderem beschäftigt.«
Herr Winkler hob fragend seine Augenbrauen.
»Es ist leider streng geheim«, sagte Marie.
Seufzend antwortete Herr Winkler: »Ist gut. Aber ihr passt auf euch auf und habt bitte eure Smartphones dabei. Ich sage Kristin, dass ihr in etwa zwei Stunden kommt, ja? Reicht das für eure streng geheime Mission?«
Die drei nickten und Herr Winkler stand vom Frühstückstisch auf. Die Detektivinnen machten sich auf in die Küche, in der sie die Stimmen von Annelie und Walter Schulte hörten. Franzi öffnete die Tür einen Spaltbreit und steckte ihren Kopf hindurch.
»Braucht ihr mehr Kakao?«, fragte Walter Schulte.

»Nein, danke«, sagte Franzi. »Wir wollten fragen, wo Thorsten Drewes wohnt.«
»Was wollt ihr denn von ihm?«, wunderte sich Annelie Schulte.
»Wir wollen ihn etwas fragen«, sagte Kim knapp.
Das schien zu genügen, Annelie Schulte erklärte ihnen den Weg. Franzi bedankte sich und schloss die Tür. Als sie sich zu ihren Freundinnen umwandte, sah sie, dass Marie kreidebleich geworden war.
»Was ist denn los?«, fragte Franzi besorgt. »Geht es dir nicht gut?«
»Achtet auf die, denen etwas weggenommen worden ist«, sagte Marie mit monotoner Stimme. »Der Verlust schmerzt häufig lange und lodernd wie ein Feuer aus Wut.«
»Das hat Hulda Fricke gestern Abend zum Abschied zu uns gesagt«, erinnerte sich Kim.
Marie nickte. »Thorsten Drewes wurde sozusagen sein Land weggenommen, damit das Moor wieder in seinen natürlichen Zustand versetzt werden kann. Der Verlust schmerzt ihn womöglich so sehr, dass er den Damm zerstören will, der das Wasser im Moor hält – das heißt, Hulda Fricke wusste davon!«, sagte Marie aufgeregt. »Das war ein Hinweis an uns!«
Franzi nickte. »Vielleicht hatte sie eine Ahnung. Aber wir sollten jetzt los und ihn mit unserem Verdacht konfrontieren!«

Der Hof von Familie Drewes lag nicht weit entfernt von der Pension am Ortsrand.
»Wollen wir klingeln?«, fragte Kim, als sie vor dem alten, schönen Bauernhaus standen. Die Mädchen sahen sich zögerlich um.
»Vielleicht ist Drewes hier irgendwo auf dem Hof«, vermutete Franzi. »Kommt, wie sehen uns hier mal um.«
Die drei !!! gingen am Haus vorbei und betraten den gepflasterten Hof. »Wohin jetzt?«, zischte Kim. Doch bevor Marie oder Franzi antworten konnten, ertönte hinter ihnen eine Stimme:
»Hallo? Was macht ihr denn hier?«
Franzi fuhr herum.
Ein Mann war auf den Hof getreten. Es war Thorsten Drewes.
»Wir wollten zu Ihnen, Herr Drewes«, sagte Marie.
»Möchtet ihr wieder wissen, wo ich gestern war?««, fragte Thorsten Drewes trocken.
»Genau deshalb sind wir hier«, antwortete Marie. »Wir haben den Verdacht, dass Sie hinter der Zerstörung der Dämme stecken.«
»Wir haben einen Beweis!«, sagte Kim mit fester Stimme.

»Da bin ich aber gespannt«, sagte Thorsten Drewes fröhlich.
Franzi wurde wütend. Machte sich der Mann über sie lustig? Sie zeigte ihm den abgebrochenen Holzstiel. »Das haben wir im Moor in unmittelbarer Nähe des Tatortes gefunden«, sagte sie. »Hier oben sind Buchstaben eingeritzt: *A.D.* – was sagen Sie nun?«
»Ich sage, dass ich kein Wort verstehe. Was soll ich bitte mit diesem Holz zu tun haben?« Thorsten Drewes wirkte nun gar nicht mehr spöttisch, sondern blickte ratlos zwischen den Detektivinnen hin und her.
Marie hatte ihr Handy aus der Tasche gezogen und das Foto aus dem Museum im Naturschutzhaus aufgerufen. Sie hielt es dem Landwirt hin. »Das ist doch ihr Großvater, oder?«
Thorsten Drewes nickte.
»Wir glauben, dass Sie mit einer Hacke oder einem Spaten, der an diesem Stiel befestigt war und ihrem Opa gehörte, die beiden Dämme zerstört haben«, sagte Franzi.
Thorsten Drewes blickte Franzi an und nickte langsam. »Jetzt verstehe ich. Ihr denkt, ich habe die Dämme zerstört, weil ich noch immer wütend darüber bin, dass ich die Felder wegen des Moorschutzes verloren habe. Um meinen Opa zu rächen wahrscheinlich?«

Die drei !!! nickten.

»Mein Opa, Erwin Diekmann und all die anderen haben das Moor in Handarbeit entwässert, damit hier fruchtbare Felder und Weiden entstehen konnten, auf denen man etwas anbauen oder Kühe grasen lassen konnte. Und jetzt soll das alles nichts mehr wert sein? Natürlich bin ich enttäuscht, dass ich meine Weideflächen aufgeben musste. Und ich weiß nicht, ob das etwas bringen wird, was da im Moor gemacht wird. Aber deswegen schleiche ich nicht nachts im Moor herum und reiße Dämme ein. Ihr könnt gerne klingeln und meine Frau und unsere Kinder befragen: Ich war zu Hause.«

Kim, Franzi und Marie warfen sich einen betretenen Blick zu. Doch ein Detail in Thorsten Drewes' Aussage hatte Franzi hellhörig werden lassen. »Wer ist Erwin Diekmann?«

»Der andere Mann auf dem Foto aus dem Museum«, erklärte Thorsten Drewes, »das ist Erwin Diekmann, der Großvater von Andreas Diekmann. Erinnert ihr euch? Ich habe ihn euch gestern gezeigt, auch Andreas musste die Felder seiner Familie aufgeben.«

Andreas Diekmann!«, ächzte Franzi. »Warum sind wir darauf nicht sofort gekommen?!«

»Wir kannten seinen Nachnamen nicht«, sagte Marie beschwichtigend. »Wir konnten ihn nicht auf dem Schirm haben.«

Die drei !!! hatten sich von Thorsten Drewes den Weg zu Andreas Diekmanns Obst- und Gemüsegärtnerei beschreiben lassen und waren nun auf dem Weg dorthin.

»Hier ist es«, sagte Kim und deutete auf Schild über einer Einfahrt, das *»Obst & Gemüse Diekmann«* verkündete. »Es gibt einen Hofladen, vielleicht ist Andreas Diekmann dort.«

Die Detektivinnen gingen die Einfahrt hinauf auf ein Fachwerkhaus zu, neben dem eine Scheune lag. Dort war der Hofladen untergebracht. Als sie eintraten, bimmelte eine Glocke über der Tür. Außer den drei !!! waren noch zwei Personen im Laden, darum schauten sie sich um, bis die beiden bezahlt hatten.

»Kann ich euch helfen?«, fragte Andreas Diekmann freundlich. Franzi hatte ihn sofort wiedererkannt, auch wenn er jetzt eine grüne Schürze und eine Wollmütze trug, anders als gestern.

»Wir würden Sie gern etwas fragen«, begann Franzi. »Wir sind zu Besuch hier in Hellental und interessieren uns sehr für das Moor. Dabei haben wir erfahren, dass einige Menschen ihre Felder aufgeben mussten, damit das Moor wiederhergestellt werden kann.«

»Das stimmt, ich musste auch Land abtreten«, antwortete Andreas Diekmann.

»Aber Sie haben eine Entschädigung erhalten«, sagte Kim.

Der Gemüsegärtner seufzte. »Das Geld, das ich zur Entschädigung bekommen habe, kann das nicht wiedergutmachen. Ich habe nach langer Suche neue Anbauflächen gefunden. Aber die Beerensträucher wachsen nicht mehr so gut wie vorher und ich muss zwei Dörfer weiter fahren, um zu meinen Feldern zu kommen.«

»Aber rechtfertigt eine lange Anfahrt die Zerstörung der Dämme im Moor?«, fragte Marie.

Andreas Diekmann machte einen Schritt zurück. »Wie kommst du denn darauf?«, fragte er überrascht.

»Wir haben einen abgebrochenen Holzstiel im Moor gefunden. Er könnte zu einem Werkzeug wie einer Hacke oder einem Spaten gehören«, erklärte Kim. »Darauf sind die Buchstaben A.D. eingeritzt – die Anfangsbuchstaben Ihres Namens. Sie scheinen noch immer damit zu hadern, dass Sie Ihre Felder zugunsten des Moores aufgeben mussten.«

»Aber warum versteht das denn niemand?«, fragte Andreas Diekmann. Er klang fast verzweifelt. »Schon mein Urgroßvater hat diesen Hof bewirtschaftet. Es ging den Leuten in Hellental nie gut, bis sie das Moor trockenlegten, um auf den so entstandenen Weiden und Feldern Tiere zu halten oder

etwas anzubauen. Mein Opa hat dabei geholfen, die Gräben auszuheben, in denen das Wasser abfließen konnte. Die Fotos hängen im Naturschutzhaus. Und jetzt soll diese Arbeit nichts mehr wert sein? So viele Kollegen und ich mussten unsere Felder abgeben und uns Ersatz suchen. Aber es gibt keinen Ersatz für das, was wir verloren haben. Wir haben einen Teil unserer Familiengeschichte verloren.«

»Aber die kommt doch auch nicht wieder zurück, wenn Sie die Dämme zerstören!«, sagte Franzi.

Andreas Diekmann zuckte mit den Schultern. »Ich kann das alles doch nicht einfach geschehen lassen.«

»Also waren Sie es?«, sagte Marie vorsichtig.

Andreas Diekmann seufzte tief. »Ja, ich habe die Dämme zerstört und dieser abgebrochene Stiel gehört wirklich zu meiner Hacke. Sie ist abgebrochen.«

»Dann waren Sie auch das Irrlicht?«, rief Marie. »Also, ich meine: Wir haben vorgestern bei der Nachtwanderung ein merkwürdiges Licht gesehen. Waren Sie gegen 20 Uhr im Moor unterwegs?«

»Möglich«, überlegte Andreas Diekmann. »Es kann auch etwas später gewesen sein.«

»Er war es bestimmt!«, sagte Marie und nickte Franzi und Kim zu.

»Ich hab schon gedacht, es war *wirklich* ein Irrlicht!«, sagte Franzi und versuchte nicht loszuprusten.

In diesem Moment hielt ein Auto auf dem Hof. Türen knallten und eilig näherten sich Jasmin Bracht und ihr Kollege Timo. Bonnie bellte zur Begrüßung.

Franzi atmete erleichtert auf. Kim hatte darauf bestanden, dass sie die Försterin zur Unterstützung dazuholten, und hatte Jasmin eine Nachricht geschickt.

»Andreas, du?«, fragte Jasmin und klang dabei geknickt. »Von dir hätte ich das nie erwartet.«

Nach dem Frühstück am nächsten Morgen trugen Kim, Franzi und Marie ihre Koffer die Treppe der Pension hinunter. Es war Zeit für die Abreise.

»Wie ist das mit Andreas Diekmann denn ausgegangen, nachdem Jasmin und Timo dazukamen?«, fragte Annelie Schulte neugierig.

»Die beiden haben sich sein Geständnis angehört und dann hat Jasmin einige Zeit nachgedacht«, berichtete Franzi. »Wir dachten schon, dass sie total sauer ist! Stattdessen hat sie ganz ruhig vorgeschlagen, dass Andreas beim Wiederaufbau der Dämme helfen und auch Teil des Teams werden soll, das sich um die Kontrolle der Dämme kümmert. Dafür würde sie sich dafür einsetzen, dass er keine Strafe bekommen wird.«

»Das ist ein sehr freundlicher Vorschlag«, fand Annelie Schulte. »Es ist so schade, dass ihr uns schon verlasst! Beim nächsten Mal müsst ihr länger bleiben. Und habt hoffentlich mehr Zeit ohne die Aufklärung eines Verbrechens.« Sie zwinkerte den Mädchen zu.

»Da fällt mir noch was ein!«, rief Franzi. »Wir hätten den Fall ohne Hulda Fricke vielleicht nicht so schnell gelöst. Wissen Sie, wo sie wohnt? Dann können wir uns noch verabschieden.«

»Wer?«, fragte Annelie Schulte verwundert. »Ich kenne keine Hulda Fricke. Hier in Hellental wohnt sie, sagst du?«

»Ja, genau.«, Franzi nickte. »Sie sagte uns, dass sie hier schon sehr lange lebt.«

»Und sie kennt Sie und Ihren Mann«, erinnerte sich Kim.

»Wer kennt uns?«, fragte Walter Schulte, der dazukam.

»Kennst du eine Hulda Fricke?«, fragte Annelie ihren Mann. »Sie wohnt wohl schon sehr lange hier im Ort. Aber dann würden wir sie doch sicher kennen.«

»Ganz sicher«, bestätigte Walter Schulte. »Wo habt ihr die Frau denn getroffen?«

»Im Moor«, sagte Marie. »Wir haben sie spätabends im Moor getroffen. Sie hat uns hierherbegleitet.«

»Also ich kenne sicher keine Hulda Fricke«, sagte Walter Schulte noch einmal. »Und wir wohnen nun wirklich schon ewig in Hellental.«

Kim, Franzi und Marie sahen sich mit weit aufgerissenen Augen an. *Wem* waren sie im Finstermoor begegnet?

DER
DOPPELTE
VAMPIR

Buaaaarrrgggghhhhh«, tönte es laut durch den Garten der Villa Grevenbroich.

»Hilfe, ein Dino«, rief Marie und zwinkerte Kim und Franzi zu. Sie stand auf einer Trittleiter und versuchte gemeinsam mit Franzi, ein riesiges Spinnennetz aus weißem Faden von einem Fenster im Erdgeschoss zu der alten knorrigen Linde im Garten zu spannen.

»Wir müssen auch noch die Kürbis-Leuchtkette aufhängen«, fiel Kim ein.

»Die würde ich gern drinnen über dem Buffet anbringen«, sagte Marie und erschrak, weil jemand an ihrem Hosenbein zog.

»Ich fresse euch auf!«, rief Maries kleiner Halbbruder Finn. Er war vier Jahre alt und in seiner Dino-Phase. Weil Halloween vor der Tür stand und es seit Tagen um die Kostüme ging, hatte Finn sich als unheimlicher T-Rex verkleidet.

Kim stand neben Marie und wich vor Finn zurück. »Oh ja, Hilfe! Der ist ja unheimlicher als alle Gespenster und Skelette dieser Welt.«

Franzi war auf einen der unteren Äste des Baumes geklettert und hielt das andere Ende des Spinnennetzes hoch. »Marie, wie kannst du denn nachts überhaupt schlafen mit diesem Ungeheuer im Haus?«

»Pass auf, dass du dich nicht im Netz der Riesenspinne verfängst, du gruseliger Dino«, warnte Kim.

Finn drehte wieder ab und sauste zu Helmut Grevenbroich, der gerade aus der Villa kam und einen bunten Teller auf einen Tisch neben einen geschnitzten Kürbis stellte. Darauf befand sich Weingummi in Spinnen- und Fledermausform. Finn steckte sich eine Gummispinne in den Mund und verschwand im Haus.
»Gerade noch mal gutgegangen«, stöhnte Marie. Sie wischte sich mit dem Handrücken über die Stirn. »Wir sind nicht von einem Dino gefressen worden.«
»Kim, reichst du mir bitte mal die Spinne?«, fragte Franzi, die noch einen weiteren Knoten um den Ast machte.

»Klar!« Kim holte eine überdimensional große Stoff-Spinne aus einer Kiste. »Die ist ja größer als mein Kopfkissen. Wie eklig!« Sie reichte sie Franzi, die vom Ast gesprungen kam und das Tier nun mit den kleinen Widerhaken, die es an den Beinen hatte, im Netz aufhängte.

Marie steckte ein Kabel in den Spinnenkörper. »Achtung! Jetzt wird's richtig gruselig«, verkündete sie, während sie den Stecker in eine Außensteckdose an der Wand der Villa drückte. Die Augen der Spinne leuchteten rot auf.

»Iiiih!«, kreischte Kim. »Davon bekomme ich bestimmt Albträume.«

Die Spinnen-Augen begannen zu flackern, dann gingen sie aus. Marie ruckelte am Kabel, aber die Augen blieben schwarz. »So ein Mist!«

»Ist der Strom schon wieder ausgefallen?«, fragte Tessa. Sie kam aus dem Haus. »Ich schaue mir das gleich mal an, wenn ich Finn an Oma Agnes übergeben habe.«

»Bleibt er heute Abend nicht zur Halloween-Party hier?«, fragte Franzi.

Marie schüttelte den Kopf. »Das ist zu unheimlich für unseren kleinen Dino. Außerdem will er immerzu nur Dino-Quartett spielen. Ich wette, dass Oma Agnes und Opa Herbert das den ganzen Tag mit ihm machen werden.«

Kim lief zum Süßigkeitenteller. »Huch, der ist ja schon wieder fast alle.« Sie musterte Finn, der aus dem Haus kam.

»Finn, weißt du, wo die ganzen Süßigkeiten sind?«, fragte Kim.
Maries kleiner Bruder zuckte mit den Schultern. »Keinö Ahnung, wo die schind«, nuschelte er.
»Marie, Franzi!«, rief Kim. »Wir haben einen neuen Fall. Wir müssen den Süßigkeiten-Raub aufdecken!«
Kim Jülich, Franziska Winkler und Marie Grevenbroich waren nicht nur beste Freundinnen, sie hatten auch einen Detektivclub gegründet und nannten sich *Die drei !!!*.
Finn grinste und lief zu Tessa. Sie verfrachtete ihn auf den Kindersitz des Fahrrads und stellte seinen Rucksack vorne in den Korb. »Ich rufe den Elektriker an, wenn ich zurück bin!«
»Musst du nicht!«, rief Herr Grevenbroich. Im selben Augenblick leuchtete die Spinne wieder auf.
Finn hielt sich die Augen zu. »Ich will jetzt zu Oma und Opa!«, rief er, während Tessa mit ihm aus der Einfahrt radelte. Beinahe stieß sie mit Tim zusammen, einem Jungen, der auf Maries und Linas Schule ging.
»Tschüss, Marie«, rief Finn und winkte, dann waren sie weg.
Tim hatte eine Papiertüte in der Hand. »Hey!« Er stellte sie ab. »Coole Deko.«
»Hi.« Marie lief auf ihn zu. »Danke.«
Kim und Franzi tauschten einen Blick.
»Warum kommt der denn so früh?«, flüsterte Franzi.

Kim zuckte die Schultern.
Tim holte eine große Box aus seiner Tasche und klappte sie auf. »Meine Mutter hat Grusel-Muffins gebacken, die wollte ich schon mal vorbeibringen.«
Kim zog die Stirn kraus. »Das ist ja eigentlich ganz nett, oder?«
Franzi nickte.
»Die sehen ja lecker aus!« Marie lächelte. »Und gruselig.«
»Ich bringe sie schnell in die Küche, okay?« Ohne eine Antwort abzuwarten, betrat Tim die Villa.
»War er schon mal bei euch?«, raunte Kim Marie zu.
Marie schüttelte den Kopf. »Aber die Küche wird er wohl finden.« Sie drehte sich zu ihrem Vater, der gerade die Statue in dem kleinen Brunnen vor der Villa mit einem schwarzen Zauberer-Hut schmückte. »Wie hast du das denn nun mit dem Strom gelöst, Papa?«
»Ich habe die Sicherung einfach wieder nach oben geklappt«, erklärte Herr Grevenbroich augenzwinkernd. »Es war also kein Hexenwerk.«
Tim kam die Treppen wieder herunter. »Coole Hütte, Marie.« Er lief über den Kiesweg. »Dann bis später. Ich verkleide mich jetzt.«
Marie sah auf das Display ihres Handys. »Damit sollten wir auch mal anfangen«, entschied sie. »Lina und ihre Freundinnen sind schon seit einer Stunde verschwunden.«

Die drei !!! hatten sich schon seit Tagen auf die Halloween-Party in der Villa Grevenbroich gefreut und viel Arbeit in ihre Kostüme gesteckt.
»Ich habe gestern Abend noch ganz schön lange genäht«, verkündete Kim, als sie sich in Maries Zimmer verkrümelten.
»Ich auch!« Marie klappte die alte Holztruhe auf, die neben dem Fenster stand. Ihre alte Lieblingspuppe lag ganz oben auf den Schätzen, die sie darin aufbewahrte. Sie setzte sie auf ihr Bett. Als Nächstes zog sie einen schwarzen Umhang heraus und legte ihn um.
»Hast du den Vampirumhang komplett selbst gemacht?«, fragte Franzi.
»Tessa hat mir geholfen«, erklärte Marie. »Der Stoff hatte Löcher und wir haben Flicken darauf genäht. Wie findet ihr es, wenn ich mir ein Herz auf die Wange male?«
»Ein Vampir mit Herz«, freute sich Kim. »Endlich mal ein lieber Vampir!«
»Fragst du die Menschen dann, ehe du sie beißt?«, lachte Franzi.
»Natürlich.« Marie versuchte den Haken des Umhangs am Hals zu schließen und spürte dabei ihre Halskette. »Kannst du mir mal helfen, Kim? Ich möchte sie bei der Party lieber abmachen.«
»Klar.« Kim öffnete die Öse und reichte die Kette Marie.
»Danke! Die kommt hier rein.« Marie holte ihre kleine Schmuckschatulle aus der Holztruhe und klappte sie auf. In

roten Samt gebettet lagen darin ein alter Ring von Oma Agnes, eine funkelnde Brosche und ein Armreif. Sie legte die Kette zu den anderen Schmuckstücken.

»Ich habe gestern Abend noch die Ohren angenäht.« Kim zog einen schwarzen Samthaarreif aus ihrem Rucksack. Daran hatte sie Katzenohren aus Samt genäht. »Ich bin Black Cat«, verkündete sie. Dann zupfte sie eine große Palette Schminke aus der Seitentasche des Rucksacks. »Jetzt müssen wir mir nur noch ein Katzengesicht schminken.«

»Hui, das ist gar nicht so leicht«, meinte Marie, während sie sich mit einem knallroten Lippenstift ein Herz auf die linke Wange malte.

»Und für das hier müssen wir mir nur eine Hakennase aufsetzen und eine Warze ins Gesicht kleben.« Franzi hatte eine kleine Reisetasche dabei und fischte ihr Kostüm heraus. Es war ein altes großes kariertes Hemd ihres Vaters, das ihr bis zu den Knien ging. Sie zog es über und schnappte sich ein Sofakissen von Marie, das sie sich unter das Hemd an den Rücken stopfte. Dann schnallte sie sich einen Gürtel um und band sich ein Halstuch um den Kopf.

Kim klatschte. »Sehr buckelig. Eine echte Gruselhexe.« Sie zog ihre Jeans aus, unter der sie bereits eine schwarze Leggins trug. »Ich habe mir noch einen Katzenschwanz genäht.« Mit einer Sicherheitsnadel brachte sie ihn hinten am Bund der Leggins an.

»Cool, du bist eine Katze, Franzi eine Hexe. Das passt doch zusammen.« Marie setzte sich ihr Vampirgebiss in den Mund.
»Unheimlich«, sagte Kim und tat mit der Hand so, als würde sie ihre Krallen ausfahren. Dann fauchte sie, da ging die Tür auf und ein blondes Mädchen platzte herein. »Oh, entschuldigt, ich habe mich wohl verlaufen.«
Marie nahm ihr Gebiss wieder raus. »Wolltest du zu Lina?«, fragte sie.
Das Mädchen nickte. »Ich bin Charlie, ich gehe mit Lina in eine Klasse.«
»Ihr Zimmer ist gegenüber«, erklärte Marie. Dabei klappte sie die Schmuckschatulle zu und stellte sie wieder in die Holztruhe.
»Ach so!« Charlie sah sich Maries Zimmer an und dann wieder Marie. »Schönes Zimmer. Und ihr seid cool verkleidet.«
»Danke.« Marie lächelte.
Charlie machte einen Schritt auf das Bett zu. »Ist das deine Puppe?«
»Ja, leider fehlt ihr ein Auge«, sagte Marie. »Das hat mein kleiner Bruder ihr versehentlich rausgerissen.«
»Oje, die Arme!« Das Mädchen nahm die Puppe in die Hand. »Du kannst sie doch mal reparieren lassen.«
»Danke, das ist eine gute Idee.« Marie nahm die Puppe wieder entgegen und legte sie zu der Schmuckschatulle in die Holztruhe. Sie

sah Charlie abwartend an. »Ist noch was?«, fragte sie, weil das Mädchen keine Anstalten machte, zu gehen. »Brauchst du eine Verkleidung?«

»Wie bitte?«, fragte Charlie abwesend. »Ach so, nein, danke. Bis später!« Sie verschwand wieder und schloss die Tür.

»Was war denn mit ihr los?«, wunderte sich Marie, während sie sich nun dunkle Augenringe schminkte. »Habt ihr weiße Gesichtsschminke? Ich will so blutlos aussehen wie möglich.«

»Hier.« Kim hielt Marie ein Döschen hin. »Und wer malt mir jetzt die Katzenaugen und die Schnurrhaare?«

»Kann Franzi dich nicht verhexen?«, fragte Marie, während sie sich die weiße Schminke ins Gesicht tupfte.

Franzi hatte sich eine krumme Nase aufgesetzt. Mit verstellter Stimme sagte sie. »Ich verhexe dich in eine Kröte.« Dann lachte sie wie eine Hexe.

Kim fauchte und musste auch lachen.

Marie hatte ihr Gesicht nun grundiert und nahm den knallroten Lippenstift aus ihrem Schminkkoffer. »Damit male ich mir Blut ans Kinn, so als hätte ich gerade jemanden ausgesaugt.« Sie setzte den Stift an und zog gekonnt eine rote Spur von ihrem Mundwinkel über das Kinn und anschließend das Herz noch mal nach.

»Ich dachte, du bist ein lieber Vampir«, wunderte sich Kim.

»Das ist nur der Schein«, kicherte Marie. Sie begann nun, Kim zu schminken.

»Wow, das sieht echt aus wie eine Raubkatze«, staunte Franzi, nachdem sie eine Weile zugesehen hatte.
»Kim, Franzi, Marie!« Tessa kam ins Zimmer. »Helft ihr mir bei der Vorbereitung der Kirsch-Blut-Cocktails?«
Sie stockte. »Wow, ihr seht ja toll aus!« Auch Tessa hatte sich in Schale geschmissen. Sie war als dunkle Magierin verkleidet und eigentlich nicht mehr als Tessa zu erkennen. Aber ihre warme Stimme war unverkennbar.
»Ich male Kim noch schnell Katzenaugen, dann kommen wir!«, verkündete Marie.

»Das sieht besser aus als in der Geisterbahn«, fand Kim, nachdem sie die Säfte gemixt und das gesamte Erdgeschoss der Villa geschmückt hatten. »Und die Kürbis-Lichterkette macht so ein schönes schummriges Licht!«

Marie holte ihr Handy aus der Bauchtasche, die sie unter dem Umhang trug, und machte ein Foto. Überall hingen künstliche Spinnweben am Eingang der Villa stand eine geschnitzte Kürbisfamilie, die sie in den letzten Tagen mit Finn hergestellt hatten. Helmut Grevenbroich, der den Kommissar Brockmeier in der Vorabendserie *Vorstadtwache* spielte, hatte aus dem Requisitenfundus der Filmfirma Spiegel, Kerzenleuchter und Bilderrahmen mitgebracht. Mit großer Freude hatte Marie alte Poster ihrer früheren Lieblingsband so übermalt, dass die Stars darauf wie Vampire aussahen. Diese hatte sie in den Bilderrahmen an die Wand gehängt. Von der Decke baumelten Fledermäuse, die sie aus schwarzem Kartonpapier ausgeschnitten und mit feinen Fäden aufgehängt hatten. Außerdem standen die Kerzenleuchter in den Regalen und auf dem Klavier. Darin befanden sich allerdings künstliche Kerzen, damit kein Gespenster- oder Vampirumhang Feuer fangen konnte.

Auf dem Tresen, an welchem die Familie Grevenbroich sonst immer zusammen frühstückte, war das Buffet aufgebaut.

»Ich nehme den Schokokuchen mit Gummiwürmern und ein Finger-Würstchen«, verkündete Marie und steckte ihr Handy wieder ein. »Das sind übrigens vegetarische Würstchen.«

»Die Schokokuss-Gespenster sind ja süß!«, begeisterte sich Kim. »Und die mit Käse umwickelten Würstchen sehen aus wie echte Mumien.«
»Wer hat denn den Wackelpudding mit den Gummiwürmern und Augen drin gemacht?«, fragte Franzi.
»Das war Lina.« Helmut Grevenbroich huschte die Treppe herunter. Er hatte sich in ein weißes Bettlaken gehüllt und bewegte sich so, als würde er schweben.
»Dein Vater kann alles spielen«, lachte Kim.
Herr Grevenbroich hob die Arme und sprach mit verstellter Stimme: »Ich spiele nicht, ich bin ein Gespenst. Hundert Jahre habe ich auf dem Dachboden in einer Truhe geschlafen, nun bin ich erwacht! Ihr werdet sehen, das wird eine schaurig schöne Nacht!«
Und schon klingelte es.
Schnell schob Marie ihr Vampirgebiss zurecht. Franzi überprüfte den Sitz ihrer Nase und Kim maunzte einmal laut.
»Kann losgehen!«, lispelte Marie und riss die Tür auf. Davor standen ein weiterer Vampir, ein Kürbis und ein Skelett.

»Hallo, Marie«, sagte der Vampir und nur anhand der Stimme konnte sie erkennen, wer da in dem Kostüm steckte. Es war Kaja aus ihrer Parallelklasse.
Die Türklingel stand nicht mehr still, die Villa füllte sich.

Ab und zu klingelten auch Kinder aus der Nachbarschaft, die »Süßes, sonst gibt's Saures« riefen und sich von Tessa und Helmut mit kleinen Süßigkeiten versorgen ließen.
Die drei Freundinnen hatten eine Playlist erstellt, und die Tanzfläche füllte sich, als die ersten Takte des neuen Hits *Horror Nights* von den *Boyzzzz* erklangen.
»Wer ist denn das da in dem Gespenster-Outfit?«, überlegte Kim.
»Weiß ich auch nicht.« Marie nahm sich ein blutrotes Getränk. »Erst mal stärken«, scherzte sie.
Franzi hatte sich einen Muffin geschnappt, auf dem eine Schoko-Spinne saß. »Die Verkleidungen sind so gut, dass ich im Prinzip niemanden erkenne.«
Kim riss die Augen auf. »Das ist ja der perfekte Ort, um ein Verbrechen zu begehen.«
»Meinst du, ich sollte dem Zombie dahinten mal an die Gurgel gehen?«, fragte Marie und fletschte ihr Vampirgebiss.
»Ich meine das ernst«, sagte Kim und fauchte.
»Ach so«, sagte Franzi. »Wenn hier jemand vom Spinnenkuchen nascht, kommt er in den Ofen.«
»Manno!« Kim rollte mit den Augen. »Ihr tut ja so, als würde nie etwas passieren. Gerade ihr solltet doch wissen, dass ein Verbrechen an jeder Ecke lauern kann.«
»Also ich weiß nicht.« Marie trank ihr Glas aus.

»Vielleicht hat Kim nicht unrecht«, räumte Franzi ein. »Es wäre ja auch möglich, dass sich Leute Zutritt zur Villa verschaffen, die gar nicht eingeladen sind.«

»Und du meinst, wir erkennen sie nicht, weil sie verkleidet sind?« Marie nahm einen Keks. Darauf klebte ein Auge aus Baiser mit einer schwarzen Pupille aus Lakritz und roten Adern aus Lebensmittelfarbe. Sie hielt ihn sich vor die Augen. »Ich sehe alles.« In dem Moment entdeckte sie Jannis aus ihrer Klasse, der eine der Fledermäuse in der Hand hielt, die gerade noch an der Decke gehangen hatten. Er faltete sie und warf sie dann wie einen Papierflieger über die anderen, die auf den Sofas saßen.

»Hey, Jannis!«, rief Marie. »Lass bitte die Deko ganz.«

Sie steckte sich den Augen-Keks in den Mund. »Na gut. Ihr habt recht. Kommt, wir schließen doch mal lieber mein Zimmer ab.«

Die drei Freundinnen liefen nach oben und warfen einen Blick in Maries Zimmer. Alles sah so aus wie vorhin. Der Schminkkoffer stand noch offen, Lippenstift und Kajal lagen auf dem Bett. Marie holte den Schlüssel, der innen steckte, aus dem Schlüsselloch und schloss ab.

Unten jubelten gerade die Gäste, jemand hatte die Musik lauter gestellt.

»Hoffentlich sind eure Nachbarn nicht sauer«, meinte Kim und bewegte sich im Takt der Musik auf die Treppe zu.

Marie wippte hinterher. »Ach, ich glaube nicht. Die feiern auch manchmal ziemlich ausgelassen und laut.«

Franzi zog sich das Kissen vom Rücken. »Ohne den Kissen-Buckel kann ich besser tanzen.«

Als sie unten angekommen waren, warf sie das Kissen auf das Sofa. Niemand saß mehr, die meisten tanzten. Einige Gruselgestalten machten sich gerade über das Buffet her.

»Wo ist eigentlich Lina?«, wollte Kim wissen. »Am besten, wir geben ihr auch den Tipp mit dem Schlüssel.«

»Dahinten!«, rief Franzi. »Sie ist als böse Eiskönigin verkleidet.«

Die Freundinnen liefen zu ihr.

»Coole Party, oder?« Lina stach mit dem Teelöffel in den Wackelpudding und förderte einen Gummiwurm zutage.

»Ja, weißt du, was du machen solltest?«, rief Marie gegen die laute Musik an. »Dein Zimmer abschließen.«

»Warum?«, fragte Lina.

»Nur zur Sicherheit«, erklärte Kim.

»Ich weiß gar nicht, wo mein Schlüssel ist.« Lina zuckte mit den Schultern. »Finn hat neulich damit gespielt und seither ist er weg.«

»Dann bring doch wenigstens deine Wertgegenstände in mein Zimmer«, schlug Marie vor und hielt ihr den Schlüssel hin.

»Okay, ich hab einen kleinen Tresor mit Geld und die Edelsteinsammlung von Opa Herbert.« Sie nahm den Schlüssel entgegen und drehte sich zu Anouk. »Hilfst du mir kurz?«

Linas Freundin, die auch als Vampir verkleidet war, nickte. »Ach, übrigens: Habt ihr Charlie gesehen?«, fragte sie Marie im Gehen.

»Nein, das letzte Mal, als sie noch nicht verkleidet war.« Marie drehte sich zu Kim und Franzi. »Kommt, wir feiern jetzt mal!«

Die Freundinnen gesellten sich zu den anderen Mumien, Zombies und Kürbissen auf die Tanzfläche. Maries Eltern hatten extra die Sessel und den Couchtisch zur Seite geschoben und auch den weichen Teppich eingerollt und ins Arbeitszimmer verfrachtet. Herr Grevenbroich hatte im Keller noch eine Diskokugel gefunden und aufgehängt. Kim versuchte leichtfüßig wie eine Katze zu tanzen. Marie tat so, als wollte sie Franzi in den Nacken beißen und musste lachen, als Franzi ihre Nase aus Plastik auf die Stirn schob. »Irgendwie bekomme ich mit dem Ding so schlecht Luft.«

»Auf der Stirn sieht die auch super aus, wie ein Einhorn«, meinte Marie und tanzte ausgelassen mit einem anderen Vampir.

Auch Maries Eltern waren auf der Tanzfläche. Herr Grevenbroich tanzte gut gelaunt und Tessa schwang ihren Zauberstab über den Köpfen der Detektivinnen. »Ich verzaubere euch«, rief sie. »In Dinos!«

»Hat zum Glück nicht geklappt«, lachte Marie. »Obwohl Finn natürlich glücklich wäre.«

Lina kam mit Anouk auf die Tanzfläche.
»Gibst du mir meinen Schlüssel?«, rief Marie gegen die laute Musik an.
»Hä? Das habe ich doch gerade«, antwortete Anouk.
»Was? Nee!« Marie zog die Stirn kraus. »Gibst du ihn mir?«
»Ich habe ihn nicht, ich habe ihn dir gerade schon beim Buffet gegeben«, bekräftigte Anouk.
Marie hielt inne. »Ich war aber gar nicht am Buffet. Ich habe getanzt.«
»Aber du bist doch gerade zu mir gekommen und hast ihn geholt«, wunderte sich Anouk.
Marie zog die Stirn kraus. »Ich habe die Tanzfläche gar nicht verlassen.«
»Aber wem habe ich den Schlüssel denn dann gegeben?« Anouk sah Lina hilflos an.
»Ich habe auch gesehen, dass sie ihn dir beim Buffet überreicht hat«, sagte Maries Halbschwester. »Einem Vampir.«
»Hier gibt es ja noch ein paar andere Vampire«, überlegte Franzi.
»Aber der Vampir hatte sogar ein rotes Herz«, warf Lina ein.
»Das kann doch nicht sein!« Marie schüttelte den Kopf. »Ich kann mir nicht vorstellen, dass es noch einen Vampir gibt, der ein rotes Lippenstift-Herz auf der linken Wange hat.«
»Das wäre echt ein ganz seltsamer Zufall«, fand Franzi.

Kim riss die Augen auf. »Und wenn es gar kein Zufall ist?«
»Wie? Du meinst, jemand hat sich absichtlich so verkleidet wie Marie?«, fragte Franzi. »Aber warum?«
»Entweder, weil er oder sie Marie-Fan ist und so sein möchte wie sie«, überlegte Kim. »Oder er oder sie hat einen anderen Plan.«
»Ich glaube, der Vampir, dem ich den Schlüssel gegeben habe, hatte das Herz auf der rechten Seite«, fiel Anouk ein. »Also warst du es wirklich nicht.«
»War ich ja auch nicht«, seufzte Marie. »Habe ich doch gesagt!«
Franzi sah ihre Freundinnen ungläubig an. »Wer war es dann?«
»Vor allem: Was will er oder sie mit dem Schlüssel?«, fragte Kim.
»Wir müssen sofort nachsehen!« Marie drängte sich an zwei tanzenden Kürbissen vorbei.
Kim, Franzi, Lina und Anouk folgen ihr. Sie stürmten die Treppenstufen nach oben in Maries Zimmer, das offen stand.
Marie knipste das Licht an und sah sich hektisch um. Die Schminke lag noch immer vor dem Spiegel, der Lippenstift auf dem Bett. Auf den ersten Blick konnte sie keine Veränderung feststellen.
Kim wühlte in ihrem Rucksack herum. »Mist, mein Portemonnaie ist weg!«
Franzi sah in ihrer Tasche nach. »Oh nein, meins auch!«

Marie hatte das Gefühl, dass sich ihr Magen im Schleudergang zu drehen begann. Sie hatte eine dunkle Vorahnung. Mit zitternden Händen klappte sie die Verkleidungstruhe auf und holte die Schmuckschatulle hervor. Ihr Herz raste, als sie sie aufklappte. »Oh nein!« Tränen schossen ihr in die Augen.

»Was ist?«, fragte Kim.

»Die Kette von meiner Mama …« Sie brach ab und schluchzte auf. »… ist weg!«

Auch Anouk war den Tränen nahe. »Das … das tut mir so leid.«

Lina deutete auf eine Tasche unter Maries Schreibtisch. »Meine Sachen sind noch da.«

»Vielleicht ist die Person, die die Sachen gestohlen hat, noch in der Villa«, überlegte Franzi.

Marie wischte sich mit dem Zipfel ihres Umhangs die Tränen weg. »Ja! Wir müssen jetzt ganz schnell sein! Ehe der Dieb oder die Diebin die Villa verlässt.«

Lina fasste ihre Freundin an der Hand. »Komm, Anouk, wir überwachen die Eingangstür und die Terrassentür, keiner darf die Villa verlassen.«

»Sehr professionelle Ansage«, bemerkte Franzi.

»Meine Schwester ist Detektivin und mein Vater spielt einen Kommissar«, erklärte Lina im Gehen.

Marie betrachtete die Tür. »Guckt mal, der Schlüssel steckt noch.«

»Wir sollten Fingerabdrücke nehmen«, meinte Kim.
»Das dauert zu lange«, fand Franzi. »Die Sachen müssen gerade erst gestohlen worden sein, und wenn der Dieb oder die Diebin noch hier ist, müssen wir ihn oder sie schnell finden.«
»Dann los!« Marie schloss ihr Zimmer ab.
Einen Moment blieben sie oben auf der Treppe stehen.
»So viele Vampire hier«, klagte Franzi. »Kim, kannst du die mit deinen Katzenaugen mal genauer durchleuchten?«
Konzentriert suchten sie die Tanzfläche und das Buffet ab.
»Von hier oben sehe ich kein Herz«, sagte Kim. »Aber mindestens drei Vampire mit blonden langen Haaren.«
»Kommt, wir teilen uns auf.« Franzi lief ein paar Stufen nach unten. »Ich sehe mir den Vampir am Buffet mal genauer an!«
»Und ich knöpfe mir den auf der Tanzfläche vor«, verkündete Kim.
»Ich nehme den unter die Lupe, der am Fenster steht«, entschied Marie.
Die Detektivinnen schwärmten aus.
Marie bahnte sich den Weg am Buffet vorbei in Richtung Terrassenfenster. Dabei ließ sie den Vampir mit den blonden Haaren nicht aus den Augen. Ein Mädchen in einem Hexenkostüm stolperte ihr vor die Füße. »Mann, warum schubst du so?«, rief sie jemandem zu. Marie war für einen Moment abgelenkt. »Alles klar?« Sie half dem Mädchen, wieder auf-

zustehen. »Ja, die Mumie hat mich vor deine Füße geschubst«, sagte das Mädchen im Hexenkostüm. Marie drehte sich um. »Wo ist die Mumie denn?«

Das Mädchen zuckte mit den Schultern. »Verschwunden.«

Maries Blick fiel wieder zum Fenster. Da, wo gerade noch ein Vampir gestanden hatte, war niemand mehr. Auf dem Boden erkannte sie einen schwarzen Umhang. Als sie ihn aufhob, entdeckte sie darauf einen roten Lippenstift-Fleck. Marie reckte den Hals und machte einen blonden Haarschopf, der sich Richtung Haustür bewegte, zwischen den tanzenden Skeletten und anderen Gruselgestalten ausfindig. Mit dem Umhang in der Hand zwängte sie sich an den tanzenden Gästen vorbei. Marie gab Franzi ein Zeichen, die gerade kopfschüttelnd vom Buffet kam. »Hier sind nur herzlose Vampire.«

»Sie ist bei der Tür«, rief Marie Franzi zu. »Ohne Umhang!«

Franzi nahm nun ebenfalls die Verfolgung auf und winkte Kim heran.

Etwa gleichzeitig kamen die Freundinnen bei der Tür an.

Das blonde Mädchen lief gerade die Stufen hinunter vorbei an den geschnitzten Kürbissen. Draußen war es bereits dunkel, der Garten der Villa Grevenbroich sah geheimnisvoll aus. Die Spinne im Netz mit den leuchtenden Augen wirkte gespenstisch echt.

»Bleib stehen!«, rief Marie. Sie nahm ihr Gebiss aus dem Mund und verstaute es in der Bauchtasche.

Franzi hatte das Mädchen bereits eingeholt und versperrte ihr den Weg.
Auch Kim und Marie kamen bei ihr an. Wie Marie war sie blass geschminkt mit dunklen Ringen unter den Augen und verwischtem Lippenstift auf der rechten Wange. Im schwachen Lichtschein sah sie aus wie ein echter Vampir. »Lasst mich!«, sagte das Mädchen und wollte gehen, da erkannte Marie, wer in dem Kostüm steckte. »Du bist Charlie, du bist vorhin in unsere Schminkaktion reingeplatzt.« Sie hielt ihr den Umhang hin. »Den musst du wohl verloren haben!«

Charlie riss Marie den Umhang aus der Hand und wollte an den Freundinnen vorbeigehen. »Ich muss nach Hause.«
Aber die Detektivinnen ließen sie nicht durch.
»Wir wissen, dass du dir Maries Schlüssel hast geben lassen«, sagte Kim. »Und aus Maries Zimmer wurden unsere Portemonnaies gestohlen.«
»Und meine Kette«, ergänzte Marie aufgewühlt.
»Ich war das nicht!«, beteuerte Charlie.
»Und was ist dann das?«, fragte Kim. Sie deutete auf den Beutel, den Charlie an sich drückte. »Was ist da drin?«
»Das geht euch nichts an«, entgegnete Charlie.
»Wir haben deine Fingerabdrücke auf der Türklinke«, sagte Kim.
»Anouk und Lina sagen außerdem, dass sie einem Vampir mit Herz den Schlüssel gegeben haben«, führte Marie fort. »Die Kette ist mir so wichtig, sie ist ein Erbstück meiner Mutter.« Marie zog ihr Handy hervor. »Wenn du es nicht von dir aus zugibst, rufe ich die Polizei.«
»Genau«, pflichtete Franzi bei. »Und wenn du nichts zu verbergen hast, kann dir das ja egal sein.«
Charlie sah von einer Detektivin zur anderen. »Bitte macht das nicht.«
Marie merkte, dass sich Charlies Augen mit Tränen füllten.
»Was ist denn?«, wollte sie wissen.
»Ich wollte das nicht!« Dicke Tränen kullerten nun Charlies Wangen runter.

»Komm, wir setzen uns mal da auf die Bank«, schlug Kim vor. Zusammen nahmen sie auf der Holzbank Platz, die gegenüber dem Brunnen mit der verkleideten Statue stand.
Charlie hielt die Tasche auf ihrem Schoß fest. Sie wischte sich mit der Ecke des Umhangs die Tränen von der Wange.
»Ja, ich hab die Sachen«, sagte sie schließlich.
»Warum hast du das gemacht?«, fuhr Marie sie aufgebracht an.
Charlie zuckte zusammen.
Marie atmete tief durch und versuchte sanfter zu klingen. »Was sollte das denn alles?«
Charlie antwortete nicht, sondern starrte nur auf ihre Füße.
»Du gehst doch mit Lina in eine Klasse«, sagte Marie. »Ich habe noch nie gehört, dass du irgendwie aufgefallen bist. Sie sagt eigentlich immer nur nette Sachen über dich. Ich dachte, ihr seid befreundet.«
»Lina ist ja auch okay«, sagte Charlie leise. »Und ich mag sie.«
»Heißt das, es gibt jemanden, der nicht okay ist?«, fühlte Kim vor.
Linas Mitschülerin schwieg erneut.
»Gibt es Leute, die dich ärgern?«, schaltete sich nun Franzi ein.
Charlie wollte aufstehen. »Ich kann nicht mit euch reden.«
»Solltest du aber.« Marie hielt sie am Arm fest. »Du hast uns gerade bestohlen.« Sie nahm Charlie die Tasche aus der Hand.

Die drei !!! tauschten einen Blick.
Marie merkte, wie verzweifelt das Mädchen war. »Wenn dich jemand ärgert, musst du das sagen«, erklärte sie eindringlich. »Wenn nicht uns, dann deinen Eltern oder Herrn Finke, deinem Lehrer.«
»Na gut.« Charlie setzte sich wieder hin und holte Luft. »Tim erpresst mich.«
»Was? Der Tim?«, fragte Marie ungläubig. »Womit?«
»Er weiß von Rosa«, presste Charlie hervor.
Marie zog die Stirn kraus. »Wer ist Rosa?«
»Und was weiß er von ihr?«, hakte Kim nach.
Charlie knetete ihre Hände. »Ich … ich …«
Kim versicherte ihr, dass sie ihnen alles sagen könne. Sie schob den Katzenschwanz zur Seite und rückte näher an Charlie heran. »Ist Rosa eine Freundin von dir?«
Das Mädchen nickte.
»Kennen wir sie? Oder kennt Lina sie?«, fragte Franzi weiter. »Geht Rosa auf eure Schule?«
»Nein«, hauchte Charlie.
Marie spürte, wie unangenehm Linas Freundin die Fragen waren. Aber da musste sie jetzt durch. Die Mädchen fragten weiter und fanden heraus, dass Rosa keine Schülerin war.
»Ist Rosa denn überhaupt ein Mensch?«, fragte Kim weiter. »Oder ein Tier?«
»Nein.« Charlie seufzte. »Bestimmt lacht ihr mich gleich aus.«

»Ich verspreche dir, dass wir das nicht machen«, sagte Marie ernst.

Charlie holte tief Luft. »Rosa ist meine Puppe.«

»Deine Puppe?«, fragte Marie. »Und warum ist das ein Geheimnis?«

Kim runzelte die Stirn. »Ja, was ist daran so schlimm?«

»Tim hat gesehen, wie ich letzte Woche mit Rosa im Garten ein Picknick gemacht habe«, berichtete Charlie. Sie schluchzte auf. »Er hat heimlich Fotos davon gemacht und gesagt, dass das total albern ist.«

»Wie fies ist das denn?«, empörte sich Kim.

»Er meinte, dass niemand in meinem Alter mehr mit Puppen spielt.« Charlie kickte mit dem Fuß in den Kies. »Ich war so wütend und wollte ihm das Handy wegnehmen und die Fotos löschen. Es ist runtergefallen und dabei ist das Display kaputtgegangen. Jetzt will Tim, dass ich ihm das Handy ersetze.« Charlie zog die Schultern hoch. »Aber ich habe das Geld nicht. Und meine Eltern will ich auch nicht fragen, die sind bestimmt sauer.«

»Und Tim droht damit, dass er die Fotos allen zeigt, wenn du ihm das Geld nicht gibst?«, folgerte Franzi.

»Ja.« Charlie atmete aus. »Ich habe etwas ganz Schlimmes gemacht.«

»Hast du noch jemanden bestohlen?«, erriet Kim.

»Ja.« Charlie nickte. »Unsere Nachbarin Frau Bartels. Ich gehe manchmal mit ihrem Hund Gassi und weiß, wo sie ihr Bargeld aufbewahrt. Weil Tim mich so unter Druck gesetzt hat, habe ich fünfzig Euro aus dem Schrank in der Küche genommen. Aber Tim sagt, das reicht ihm nicht.«

»Übrigens kann man auch ein Display reparieren lassen, ohne dass man gleich ein neues Handy kaufen muss«, sagte Kim. »Das Handy funktioniert ja noch, wenn ich das richtig sehe.«

Charlie nickte. »Er hat mir heute Nachmittag gesagt, dass er die Bilder löscht, wenn ich bei euch noch etwas Teures klaue.«

»Bestimmt nachdem er die Muffins von seiner Mutter reingebracht hat«, kombinierte Franzi.

»Die sind von meiner Mutter«, erklärte Charlie. »Die hat er einfach mitgenommen. Deshalb ist meine Mutter auch total sauer.«

»Ist das fies!«, rief Kim.

Franzi und Marie nickten heftig.

»Kannst du nachweisen, dass er dich erpresst?«, wollte Franzi wissen.

»Ja.« Charlie zog ihr Handy aus der Tasche und öffnete einen Chatverlauf.

»*Wenn nicht alle Welt erfahren soll, dass du ein Baby bist, besorgst du mir das Geld*«, las Marie vor.

Charlie wischte weiter nach unten. »Und diese Nachricht ist von heute.«

»*Heute lässt du in der Villa Grevenbroich was mitgehen, sonst verschicke ich die Fotos morgen*«, las Marie. »Gesendet um 16:07 Uhr.«

»Und dann hat er mir noch das Foto geschickt.« Charlie öffnete ein Bild, auf dem sie mit ihrer Puppe zwischen kleinen Puppen-Porzellan-Tassen auf einer Picknickdecke saß.
»Ganz schön unvorsichtig von ihm«, überlegte Kim.
Charlie steckte ihr Handy ein. »Was soll ich denn jetzt machen?«, fragte sie verzweifelt.
»Also.« Maries Wut über den Diebstahl war großem Mitgefühl gewichen.
Sie befühlte das Herz auf ihrer Wange. »Erstens: Es ist überhaupt gar nicht peinlich, wenn man mit Puppen spielt, egal wie alt man ist! Ich habe meine Puppe ja auch noch. Zweitens«, fuhr Marie entschieden fort, »Tim darf damit nicht durchkommen!«
»Auf gar keinen Fall.« Franzi setzte sich die Hexennase wieder auf. »Ich verwandele ihn in eine Kröte.«
»Vorher stellen wir ihn zur Rede«, sagte Marie.
»Dann verschickt er die Bilder erst recht.« Charlie schluchzte auf. »Ich möchte das nicht. Auch wenn ihr sagt, dass es nicht peinlich ist.«
»Ich verstehe dich. Aber mach dir keine Sorgen.« Kim reichte Charlie ein Taschentuch. »Wir lassen nicht zu, dass er damit durchkommt.«
»Nein, wirklich«, bestätigte Marie. »Du kannst uns vertrauen.«
Charlie tupfte die Tränen unter ihren Augen weg und putzte sich die Nase. »Danke. Und danke, dass ihr nicht mehr böse auf mich seid.«

»Wir wissen ja jetzt, dass du nichts dafürkannst«, sagte Marie und lächelte Charlie an. »Aber merk dir bitte, dass man sich niemals erpressen lassen darf. Es gibt immer jemanden, dem man sich anvertrauen kann.«

Sie blickte in den Beutel mit der Kette ihrer Mutter und den Portemonnaies. »Wir müssen uns beeilen! Er darf uns nicht zusammen sehen.« Marie stand auf. »Als was ist er verkleidet?«

»Er ist die Mumie.« Charlie erhob sich ebenfalls. Sie sah auf ihr Handy. »Wir haben verabredet, dass wir uns in zehn Minuten bei euch im Garten treffen und ich ihm dann die Beute gebe.«

»Gut, dann machen wir das auch«, sagte Marie entschieden.

»Echt?« Charlie sackte wieder in sich zusammen. »Aber wir können ihm doch die Sachen nicht geben. Und, ehrlich gesagt, ich traue mich auch gar nicht.«

»Musst du auch gar nicht«, sagte Marie entschlossen. Sie verkündete ihren Plan, dann düsten sie zurück in die Villa und in Maries Zimmer, wo sie die wertvollen Gegenstände aus Charlies Beutel rausholten und gegen Modeschmuck und alte Portemonnaies von Marie austauschten.

»Am besten, wir teilen uns auf«, entschied Marie. »Ich spiele den Lockvogel, und ihr, Kim und Franzi, erwartet ihn auf den Dachboden.«

Marie kramte unter dem Bett einen Laptop hervor. »Den hat mein Vater mal von einem

Dreh mitgebracht. Er war ein Requisit und ist kaputt. Irgendwie dachte ich immer, wir können ihn doch nicht einfach so wegwerfen, und jetzt ist er sogar für etwas gut.«

»Hoffentlich geht das gut. Ein bisschen Respekt vor eurem Dachboden habe ich schon«, gab Kim zu.

»Dann weiß ich, was wir jetzt brauchen!« Marie hielt ihren Freundinnen die Hand entgegen. Kim und Franzi verstanden sofort und streckten die Arme aus. Sie legten die Hände übereinander und riefen leise im Chor: »Die drei !!!.«

»Eins!«, sagte Marie.

»Zwei!«, folgte Franzi und »Drei!« flüsterte Kim. Dann rissen alle drei die Arme in die Höhe und riefen: »Power!!!«

»Ich merke, wie eine Energiewelle durch meinen Körper fährt«, verkündete Marie.

»Dann bist du wohl doch kein echter Vampir«, scherzte Franzi.

»Ist das euer Mutmach-Ritual?«, fragte Charlie.

»Genau. Und es hilft auch immer.« Franzi klemmte sich den Computer unter den Arm und drehte sich zu Kim. »Los, wir beziehen unseren Posten auf dem Dachboden.«

Du bleibst am besten in meinem Zimmer«, sagte Marie zu Charlie. »Wir müssen sichergehen, dass Tim denkt, dass ich du bin.«

»Du lässt mich allein in deinem Zimmer, obwohl ich gerade versucht habe, dir Sachen zu klauen?«, fragte Charlie.

Marie nickte. »Mein Detektivinneninstinkt und meine Menschenkenntnis sagen mir, dass du das nicht noch mal machst.«

Charlie lächelte dankbar. »Ihr seid echt nett. Obwohl ich Angst habe, was jetzt passiert.«

»Am besten wäre, wenn er die Fotos von dir mit deiner Puppe sofort von seinem Handy löscht«, überlegte Marie. Mit dem schwarzen Kajalstift zog sie die dunkle Linie unter ihren Augen noch mal nach. Dann entfernte sie mit einem Taschentuch das Herz auf der linken Wange und schminkte sich ein neues auf die rechte. Marie schob Charlie vor den Spiegel und stellte sich daneben.

»Wir sehen aus wie Vampirzwillinge«, stellte Charlie fest.

»Der doppelte Vampir«, ergänzte Marie. Sie nahm den Beutel mit dem Modeschmuck und den alten Portemonnaies.

»Vielleicht kann dir deine Puppe irgendwie helfen?«, schlug Charlie vor.

»Ja, wer weiß.« Marie zog ihre Puppe aus der Truhe und ließ sie unter dem Umhang verschwinden. Sie

schnappte den Beutel und verabschiedete sich mit den Worten: »Ich sauge Tim jetzt die Erpressung aus.«

Kim und Franzi waren bei der kleinen steilen Holztreppe angelangt, die auf den Dachboden der Villa Grevenbroich führte. Die Stufen knarzten unter ihren Füßen, als sie nach oben schlichen. Am Ende der Treppe befand sich eine Holztür. Franzi drückte auf die Klinke. Quietschend ging die Tür auf. Die beiden konnten nicht viel sehen, auf dem Dachboden war es dunkel. Staubiger Geruch stieg ihnen in die Nasen. Kim tastete nach dem Lichtschalter und knipste die Glühbirne an, die von der Decke baumelte. Das Licht war nur schwach. In die Dachschrägen und Ecken drang es kaum noch vor.
Die drei !!! hatten früher mal dabei geholfen, den Dachboden aufzuräumen. »Sieht alles aus wie immer«, versuchte Kim sich zu beruhigen. »Vielleicht ein bisschen mehr Staub.«
»Genau.« Franzi stellte den Laptop auf einem Karton ab. Plötzlich hörten sie ein Rascheln. Kim erschrak. »Meinst du, es gibt hier Fledermäuse?«

Franzi zuckte mit den Schultern. »Möglich, aber die haben mehr Angst vor dir als du vor ihnen.«
»Na gut.« Kim nahm ihr Handy in die Hand. »Ich rufe Kommissar Peters an. Wir haben unsere Sachen zwar wieder, aber das Geld, das Charlie bei dieser Frau Bartels gestohlen hat, hat Tim ja auch eingesackt. Das muss aufgeklärt werden!« Sie warteten. »Mist, er geht nicht ran.«
Franzi probierte es bei Frau Aslan. »Die Kommissarin auch nicht.«
»Ich schreibe ihnen eine Nachricht«, entschied Kim.

Marie warf einen Blick auf die digitale Zeitanzeige des Backofens. Sie musste sich beeilen. Charlie und Tim waren vor zwei Minuten im Garten verabredet gewesen. Tim durfte keinen Verdacht schöpfen. Schnell schlüpfte sie an den Gästen vorbei durch die Terrassentür in den Garten. Im Schein des Kürbisses, den sie dort aufgestellt hatten, entdeckte sie eine Mumie. Das musste er sein! Auch wenn Marie wusste, dass es nur eine Verkleidung war, ein bisschen gruselig sah es aus. Sie atmete tief durch und lief zielstrebig auf Tim zu.

»Hast du die Sachen?«, fragte er, als sie vor ihm stehen geblieben war.
Marie nickte, hielt den Beutel aber weiter fest. Er blickte sie direkt an. Auch wenn es eine Typenähnlichkeit zwischen Marie und Charlie gab, unverkleidet sahen die beiden sich nicht unbedingt zum Verwechseln ähnlich. Marie war außerdem mindestens ein Jahr älter als Charlie und bestimmt zehn Zentimeter größer. Sie hoffte, dass die Dunkelheit und die Schminke ihr helfen würden, dass die Tarnung nicht aufflog. Außerdem hatte sie Charlie vorhin genau beobachtet. Das Mädchen bewegte sich mit Bedacht. Sie hatte den Kopf eingezogen. Bestimmt, weil sie so gestresst und ängstlich war. Nun versuchte Marie Charlies Körperhaltung nachzuahmen. Mit hängenden Schultern wirkte sie vielleicht auch ein bisschen kleiner.
»Dann her damit!« Tim wollte nach dem Beutel greifen, aber Marie wich einen Schritt zurück. »Ich gebe dir die Sachen erst, wenn du die Fotos löschst«, sagte sie mit gespielt zittriger Stimme. Sie war so sauer auf Tim, am liebsten hätte sie geschrien. Aber dann hätte er vielleicht Verdacht geschöpft, dass es Marie war und nicht Charlie, mit der er sich unterhielt.
»Erst die Sachen, dann lösche ich vielleicht das Foto«, sagte Tim ernst.
Marie schüttelte den Kopf. »Ich habe sie geklaut, das war der Deal«, sagte sie noch mal und musste sich noch mehr anstren-

gen, wie Charlie zu klingen. »Und ich gebe sie dir erst, wenn du die Fotos gelöscht hast.«

Tim verschränkte die Arme. »Woher weiß ich, dass die Sachen da drin sind?«

Marie öffnete den Beutel. »Guck doch rein.«

Tim beugte sich darüber und wollte gerade in den Beutel greifen, da zog Marie ihn geistesgegenwärtig zurück. »Erst die Bilder löschen.«

»Erst die Sachen«, wiederholte Tim.

»Ich weiß, wo du in der Villa noch einen Laptop klauen kannst«, sagte Marie.

»Und warum hast du den nicht mitgebracht?«, wollte Tim wissen.

»Der Deal war etwas Wertvolles, den habe ich erfüllt. Ein Laptop ist so groß, den kann ich nicht einfach unbemerkt aus der Villa tragen. Da musst du dir halt selbst was einfallen lassen.«

»Na gut.« Tim zog sein Handy aus einer Schlaufe seines Kostüms und öffnete den Ordner mit den Fotos. Darin befanden sich bestimmt zehn der Fotos von Charlie mit ihrer Puppe. Er löschte sie. »So, jetzt her mit den Sachen.«

»Du musst das Bild noch aus unserem Chat löschen«, insistierte Marie.

Tim seufzte, dann löschte er das Bild.

»Und jetzt aus dem Papierkorb!«, forderte Marie.

Augenrollend entfernte Tim die Bilder nun auch aus dem Papierkorb. »Erledigt. Jetzt her damit!«

Erleichtert, dass Tim Charlie nun nichts mehr anhaben konnte, reichte sie ihm den Beutel. »Der Laptop steht auf dem Dachboden.« Sie drehte sich um und konnte sich ein Grinsen nicht verkneifen. Gleich würde Tim in die Falle tappen.
Durch die Terrassentür schlüpfte sie zurück in die Villa und lief zum Buffet, wo sie sich einen kleinen Gummiwurm in den Mund steckte. Aus dem Augenwinkel beobachtete sie, wie Tim über die Terrassentür auch wieder hereinkam. Er lief Richtung Treppe. Mit etwas Abstand folgte sie Tim.
Eine Sekunde später erlosch das Licht und die Musik ging aus. Gerade hatten noch alle mitgegrölt, dann wurde es mucksmäuschenstill. Im nächsten Augenblick ertönte lautes Kreischen.
Marie schaltete ihre Handytaschenlampe an und auch einige andere hatten gleichzeitig die Idee.
»Alle ruhig bleiben, bitte«, rief Helmut Grevenbroich. »Es besteht kein Grund zur Panik. Wir haben das gleich.«
»Das wird wieder ein Wackelkontakt sein«, hörte Marie Tessa sagen. »Keine Angst, liebe Partygäste, es geht gleich weiter.«
Marie versuchte sich zu orientieren. Im Schein der vielen Handytaschenlampen wirkten die Skelette, Mumien, Vampire und Geister wirklich unheimlich. Ein Wimmern war zu hören. Marie leuchtete in die Menge und direkt einen Mitschüler an, der als Zombie verkleidet war. Sie lief weiter zur Treppe und sah einen Schatten die Stufen zum Dachboden nach oben steigen. Marie folgte ihm.

Mist!«, fluchte Kim und schaltete ihre Taschenlampe an. »Auch wenn die kleine Glühbirne nur schwaches Licht geliefert hat, war es mit ihr angenehmer als ohne.«

»Pssst!« Franzi legte den Finger an die Lippen. »Hörst du die Schreie unten?«

Kim lauschte. »Ja, was ist denn da los?«

In dem Moment blinkten die Handys der beiden auf.

»Von Marie«, sagte Franzi und las flüsternd vor: »*Stromausfall. Tim ist auf dem Weg nach oben.*«

»Oje«, wimmerte Kim. »Was machen wir denn jetzt?« Sie warf einen Blick auf ihr Handy. »Kommissar Peters und Kommissarin Aslan haben sich noch gar nicht gemeldet.«

In dem Moment hörten sie Schritte. Die Holzstufen knarzten.

»Pssst«, wisperte Franzi. »Wir schaffen das.«

Kim nickte.

Sie schalteten ihre Handytaschenlampen aus und gingen hinter einem Holzregal in Deckung. Es war stockdunkel auf dem Dachboden. Durch die verstaubte Dachluke war nur der schwache Schein einer Straßenlaterne zu erahnen.

Die Schritte kamen immer näher. Der Lichtstrahl einer Taschenlampe fiel auf den Dachboden.
Kim und Franzi hielten den Atem an. Bewegungslos kauerten sie hinter dem Holzregal. Franzi beugte sich vor und sah, wie eine Mumie auf den Laptop zusteuerte.
»Es ist Tim«, formte sie mit den Lippen und Kim verstand.
Von unten drang leises Stimmengewirr nach oben, aber Kim und Franzi versuchten, keinen Mucks zu machen. Sie gestikulierten. Kim zog fragend die Schultern nach oben. Franzi war ebenfalls ratlos. Tim nahm den Laptop. Gleich würde er damit nach unten marschieren. Ohne weitere Zeugen konnte er auch einfach sagen, dass er das Laptop gar nicht stehlen wollte. Sie mussten Zeit gewinnen.
Da hörten sie ein leises Lachen. Kim und Franzi erschraken fürchterlich. Kim hielt sich die Hand vor den Mund, um nicht laut zu schreien. Auch Tim zuckte zusammen. Und wieder ertönte ein Lachen. Es klang heiser und kam aus einer dunklen Ecke des Dachbodens direkt neben der Tür. Kim krallte sich an Franzis Arm fest. Im nächsten Moment ging eine Taschenlampe an. Im Schein der Lampe saß eine Puppe mit zerzausten Haaren. Ein Auge fehlte. Kim erschauderte. Franzi stupste sie von der Seite an und deutete mit dem Finger zur Puppe. Nun sah auch Kim den Schatten dahinter. Ein Vampir. Auf seiner Wange befand sich ein Herz.

Tim stand reglos da, da ertönte das Lachen erneut. Es war Marie, die ihre Stimme verstellt hatte. Ihr Auftritt war bühnenreif. Sie hatte definitiv das Schauspieltalent ihres Vaters geerbt. »Komm, wir machen ein Schattenspiel«, flüsterte Kim und schaltete die Taschenlampenfunktion ihres Handys an. Sie hielt sie auf Franzi, die hinter dem Regal kauerte und für Tim nicht sichtbar war. Allerdings warf Franzi einen großen Schatten an die Wand. Mit der Nase sah sie wirklich aus wie eine Hexe.

Tim bewegte sich Richtung Tür, aber da sprang Kim als Katze hinter dem Regal hervor und fauchte laut.

Tim zuckte wieder zusammen und ließ den Laptop fallen. »Mist!«, fluchte er und wollte an Kim vorbei, aber da stellte sich ihm auch Franzi in den Weg.

»Ihr könnt mir nichts nachweisen«, rief Tim.

»Doch«, sagte Marie mit verstellter Stimme. Sie war noch immer nicht zu sehen. »Du hast Charlie erpresst und zum Diebstahl angestiftet. Wenn du das nicht zugibst, wirst du von jetzt an jede Nacht von einer Puppe geweckt.« Marie schauderte selbst, als sie das sagte.

»Lass mich in Ruhe«, rief Tim und wollte flüchten, da stürmten ein großes Skelett und ein Zombie auf den Dachboden.

Die Freundinnen und Tim zuckten zusammen.

»Wir suchen eine Mumie, die ein Mädchen erpresst und die Grevenbroichs bestohlen hat«, sagte das Skelett mit tiefer Stimme.

Kim, Franzi und Marie atmeten auf.
»Hallo, Frau Aslan, hallo, Herr Peters«, sagte Kim. »Sie sind ja auch verkleidet.«
»Entschuldigt, wir haben auf der Wache auch Halloween gefeiert und die Nachricht so spät gesehen«, erklärte Frau Aslan.
»Hier ist ja schon eine Mumie«, sagte das Skelett mit der Stimme von Kommissar Peters.
»Ich habe nichts gemacht«, behauptete Tim, aber Marie fiel ihm ins Wort. »Auf Charlies Handy haben wir den Chatverlauf. Und wir sind alle drei Zeuginnen.«

Tim seufzte. Dann begann er, seinen Kopf abzuwickeln, und Marie konnte sehen, dass er Tränen in den Augen hatte.
Er atmete noch einmal tief ein und gab dann alles zu.
»Auf die Idee mit dem Strom bist du wegen des Stromausfalls heute Nachmittag gekommen?«, wollte sie wissen.
Tim nickte.
»Ich denke, wir müssen mit deinen Eltern sprechen«, kündigte Kommissarin Aslan an. »Wo ist denn das Mädchen, das du erpresst hast?«
»Sie sitzt immer noch in meinem Zimmer«, sagte Marie und lief vorweg.
Charlie fiel Marie erleichtert in die Arme, als sie das Zimmer betrat.
»Alle Fotos sind gelöscht, und das Skelett und der Zombie sind von der Polizei«, erklärte Marie Charlie.
»Hallo, Charlie, ich bin Kommissarin Aslan.« Sie lächelte. »Wir würden sehr gern mal mit dir sprechen, aber das muss nicht heute sein.«
»Bekomme ich Ärger?«, fragte das Mädchen unsicher.
Marie schüttelte den Kopf. »Aber du hast ja noch das Beweismaterial, den Chat. Und wenn du mit den Kommissaren sprichst, kann ich auch gern dabei sein.«
»Danke, Marie«, flüsterte Charlie. »Du bist echt ein Vampir mit Herz.« Sie drehte sich zu Kim und Franzi. »Und danke auch an euch.«

»Du kannst auch Nora danken«, sagte Marie und hielt ihre Puppe hoch.
»Tim«, sagte Kommissar Peters. »Entschuldige dich bitte bei Charlie. Und dann später auch bei Frau Bartels. Das macht ihr dann bitte beide.«
Charlie nickte.
»Tut mir leid«, murmelte Tim. »So albern ist das auch gar nicht mit der Puppe.«
»Na gut.« Charlie atmete auf. »Angenommen.«
»Für dich ist die Party jetzt vorbei, Tim«, kündigte der Kommissar an. »Wir bringen dich nach Hause und sprechen auch mit deinen Eltern.«
Tim ließ den Kopf hängen.
In dem Moment ging die Glühbirne wieder an. Unten hörte man erleichterte Jubelrufe und schon schallte wieder Musik durch die Villa Grevenbroich.
Die Kommissare verschwanden mit Tim, zurück blieben die drei !!! und Charlie.
»Marie, hast du noch Stoff von deinem Umhang übrig?«, fragte Charlie.
»Im Papierkorb.« Marie zog die Stirn kraus. »Wofür denn?«
»Wirst du gleich sehen.« In Windeseile hatte Charlie eine Augenklappe daraus gefaltet und band diese um den Puppenkopf, sodass das Loch in der Augenhöhle der Puppe nicht mehr zu sehen war.

»Vielleicht sollten wir Piratin Nora mit aufnehmen in unseren Detektivclub«, überlegte Kim augenzwinkernd. »Die drei !!! und die Puppe«, sagte Marie. »Lösen jeden Fall.« Dann zog sie alle mit sich! »Kommt, jetzt wird gefeiert!«

BLUTMOND

Eiskalter Wind pfiff um die Häuserecken und trieb ein paar Schneeflocken vor sich her. Es war schon früh dunkel geworden an diesem Nachmittag im Dezember, doch die trüben Winterwolken wurden von den Lichtern der Stadt in einen rötlichen Schein getaucht. Von weihnachtlicher Beleuchtung gab es hier in der kleinen Gasse keine Spur.

»Brrr!« Kim fröstelte und zog ihren Schal über Mund und Ohren. Sie lief ein bisschen schneller, bog um eine Ecke und erreichte endlich ihr Ziel. Kaum war sie durch die Tür geschlüpft, atmete sie auf. Wohlige Wärme umfing sie, Stimmengewirr, Löffelgeklapper und der Duft von Süßem. Im *Café Lomo* war es wie immer voll, warm und gemütlich.

»Hey, Kim, hier sind wir!«Marie stand von einem Sofa auf und winkte Kim zu. Die riss sich Schal und Mütze ab und umarmte erst Marie, dann Franzi, die ebenfalls da war und sofort zur Seite rückte.

»Setz dich«, sagte Franzi. »Hier ist genug Platz für alle drei !!!. Der *Kakao Spezial* ist schon bestellt, heute ganz weihnachtlich mit Lebkuchengewürz und Zimt.«

»Super, danke.« Kim setzte sich zwischen ihre Freundinnen. »Ich kann ein bisschen Weihnachtszauber gut gebrauchen. Es ist ja so dunkel und kalt draußen!«

»Wo wir gerade von Weihnachten sprechen«, sagte Franzi. »Habt ihr schon alle Geschenke beisammen?«

Kim nickte. »Ich habe für meine Brüder ein Hörspiel aufgenommen und für meine Eltern Pralinen selbst gemacht.«
»Cool!«, fand Marie. »Ich war gerade einkaufen. Uff, war das voll in der Stadt! Aber ich habe für alle etwas gefunden. Und du Franzi?«
»Hmpff«, machte Franzi. »Lasst uns lieber über etwas anderes reden. Habt ihr in den Weihnachtsferien eigentlich etwas vor? Und was machen wir Silvester?«
Eine Weile redeten die drei Freundinnen über Besuche und Freizeitpläne. Plötzlich rief Kim: »Oh, von wegen Silvester, das wisst ihr bestimmt noch nicht!«
»Was denn?«, fragte Franzi neugierig.
Kim begann zu erzählen: »Dieses Jahr steht uns an Silvester etwas ganz Besonderes bevor, das weiß ich von meiner Mutter: ein Blutmond.«
»Uääääh!«, kiekste Marie. »Was soll das denn sein?«
Kim winkte ab. »Nichts Schlimmes, keine Sorge, sondern etwas richtig Tolles: eine totale Mondfinsternis. Das bedeutet, dass der Vollmond im Schatten der Erde steht. Sein Licht erscheint dann rot, daher der Begriff Blutmond.«
»Komischer Name«, murmelte Marie.
»Aber das ist noch nicht alles«, meinte Kim und senkte die Stimme. »Das Schauspiel passiert ausgerechnet in den Raunächten.«
»In den bitte was?«, fragte nun Franzi, aber Marie nickte wissend. »Von den Raunächten habe ich schon gehört. Mei-

ne Omi spricht nach Weihnachten immer davon. Es hat etwas mit Wintergeistern zu tun, oder?«
Kim nickte. »Genau. Raunächte nennt man die zwölf Nächte zwischen Weihnachten und dem 6. Januar. Laut meiner Mutter ist es eine ganz alte Vorstellung, dass in dieser Zeit die Geister besonders aktiv sind und versuchen, aus der Totenwelt auszubrechen. Davor fürchteten sich die Menschen früher sehr. Dass wir an Silvester mit Feuerwerk Licht und Lärm machen, kommt daher, dass man die Geister vertreiben wollte.«
»Das ist ja spannend, das wusste ich nicht«, sagte Franzi. »Und dieses Jahr gibt es also in den Raunächten einen Blutmond. Das klingt ja wirklich ...«
KRACH! Was Franzi noch sagen wollte, ging in einem Riesenradau unter. Die Bedienung, ein Jugendlicher, den die Freundinnen noch nicht kannten, war gerade an den Tisch getreten. Doch das Tablett mit den drei *Kakao Spezial* war ins Rutschen geraten. Es fiel ihm aus den Händen und polterte auf den Tisch. Zwei Gläser fielen um und ein dampfender Kakaosee mit Sahneinseln ergoss sich über die Tischplatte.
»Huch!«, schrie Kim und Franzi sprang vor Schreck vom Sofa auf, wodurch auch noch der Tisch ins Wackeln kam.
Marie reagierte blitzschnell, schnappte sich einen Stapel Servietten aus dem Ständer auf dem Tisch und warf sie in die braune Pfütze, bevor alles auf die Hosen der Mädchen kleckerte.
»Ooooh, tut mir leid!« Der Junge hatte knallrote Flecken auf den Wangen bekommen. Er rannte zur Theke, um einen Lap-

pen zu holen. Dann wischte er so fahrig über den Tisch, dass es noch mehr spritzte als vorher. Kim, Franzi und Marie halfen ihm beim Saubermachen.

»Sorry ... tut mir leid ...«, murmelte er immer wieder. »Ich hole gleich Nachschub ... Moment ...«

»Der schöne Kakao!«, jammerte Marie.

»Ein Glas haben wir ja noch«, meinte Kim und schob es Marie hin. »Hier, trink, bevor du vor lauter Schwäche noch umfällst.«

Aber Marie verschränkte die Arme. »Ohne euch macht es keinen Spaß. Ich warte.«

Zum Glück dauerte es beim zweiten Mal nicht ganz so lang. Schon fünf Minuten später kam der Junge wieder mit einem Tablett an den Tisch, dieses Mal ganz langsam und vorsichtig. Er stellte drei extra große Kakaobecher und eine Schale Rentierkekse vor den Mädchen ab. »Als kleine Wiedergutmachung«, sagte er. »Das geht heute alles auf mich.«

»Danke«, sagte Marie und schob ihm den übrigen *Kakao Spezial* hin. »Ein Getränk ist jetzt aber übrig. Magst du dich zu uns setzen?«

Kim knabberte bereits einen Keks. »Süßes hilft gegen den Schreck, wetten?«, fragte sie.

Der Junge zögerte. »Na gut, ich habe sowieso gleich Pause«, sagte er dann und ließ sich auf einen Stuhl sinken. »Ich bin Paul. Und ihr?«

Franzi zeigte auf ihre Freundinnen. »Das sind Kim und Marie und ich bin Franzi. Wir sind ziemlich oft hier, aber dich kennen wir noch nicht. Bist du neu?«
Paul nickte. Er hatte kurze, braune Haare, durch die er sich jetzt mit beiden Händen fuhr. Er starrte dabei abwesend aus dem Fenster. Dann holte er Luft und wandte sich den Mädchen zu. »Ja, genau, es ist mein erster Tag. Ich jobbe jetzt zweimal die Woche hier, um mir ein bisschen Geld dazuzuverdienen. Nächstes Jahr nach dem Abi möchte ich eine Weltreise machen.«

»Wow!« Eine Weile sprachen die vier über die Reisen, die sie schon erlebt hatten. Dann entschuldigte sich Paul noch einmal für den Kakaounfall.
»Kein Problem.« Kim lächelte mitfühlend. »In ein paar Wochen trägst du so ein Tablett mit einer Hand und mit der anderen kassierst du. Und das alles auf einem Bein.«
Paul grinste schief. »Das mit dem Tablett ... das hatte nichts mit dem neuen Job zu tun ... das war ... meine Probleme sind ... ach, egal.«
Marie setzte sich auf. »So gestresst, wie du aussiehst, ist es aber gar nicht egal«, sagte sie.
»Vielleicht können wir dir sogar helfen«, meinte Kim. »Wir sind Expertinnen für Probleme, genauer gesagt: Detektivinnen.« Und sie erzählte von einigen Fällen der drei !!!.
Paul hörte interessiert zu, doch am Ende lachte er nur kurz auf. »Mein Leben ist aber leider kein Krimi«, sagte er. »Eher eine historische Fantasygeschichte.«
Und dann erzählte er: Paul wohnte mit seiner Familie, den von Marlings, auf einem Rittergut außerhalb der Stadt. Im großen, jahrhundertealten Gutshaus hing ein uraltes Gemälde, das Paul schon als Kind fasziniert hatte. Es zeigte das Wohnhaus der Familie – bei Nacht und während einer Mondfinsternis. Vor 300 Jahren, als das Bild gemalt wurde, war das Gutshaus gerade wiederaufgebaut worden. Davor hatte es kurz nach Silvester einen schrecklichen Brand gegeben, der das alte

Anwesen zerstört hatte. Für die Familie von Marling war diese Zeit sehr schwer gewesen.

»Auf dem Gemälde schimmert der Vollmond tiefrot«, erzählte Paul, während er einen Rentierkeks zwischen den Fingern zerbröselte. »Es ist ein Blutmond, versteht ihr? Genau das, wovon ihr gerade gesprochen habt. Ich wusste nicht, dass bald ein Blutmond ansteht.«

»Hast du dich deswegen so erschreckt?«, fragte Kim.

Paul nickte.

»Was ist denn an einer Mondfinsternis so schlimm?«, wollte Franzi wissen.

»Ihr kennt noch nicht die ganze Legende«, meinte Paul düster. »In der Familie wird auch noch ein Spruch zu dem Gemälde überliefert. Er lautet: *Neumond vor der Raunacht – blutrote Maus, Halbmond vor der Raunacht – blutroter Klaus, Blutmond in der Raunacht – blutrotes Haus.*«

Marie schnappte nach Luft. »Das klingt ja total gruselig!«, rief sie. »Aber was genau soll es bedeuten?«

Paul drehte seinen *Kakao Spezial*-Becher im Kreis und sagte: »Jeder in der Familie weiß, was es bedeutet: Das Gemälde und der Spruch sind eine Warnung. Das klingt jetzt vielleicht ein bisschen verrückt, aber ...« Paul schluckte und seine Stimme wurde immer leiser. »... ich bin sicher, dass dem Rittergut große Gefahr droht, wenn es in den Raunächten einen Blutmond gibt. Etwas Schreckliches wird geschehen.«

Paul musste wieder an die Arbeit und die drei !!! wickelten sich in Schals und Mäntel und verließen das *Lomo*. An der Tür kam ihnen ein blonder Mann entgegen, der selbst jetzt im Winter auffällig braungebrannt war.
»Hi, Uncle Sam! Cool, dass du vorbeischaust«, sagte Paul zu ihm und kam hinter der Theke hervor. Franzi und Marie musterten Pauls Onkel neugierig, aber Kim zog sie nach draußen. Es war Zeit für die Mädchen, nach Hause zu gehen. Sie hatten Paul ihre Karte gegeben. Wenn die Detektivinnen ihm irgendwie mit der Legende rund um seine Familie weiterhelfen konnten, würde er sich schon bei ihnen melden.
Die Mädchen gingen durch die dunklen Gassen der Stadt.
»Hier rechts ist eine Abkürzung«, sagte Kim und zeigte auf ein Tor in einer Mauer, hinter der ein großes Gebäude in den nachtschwarzen Himmel aufragte.
»Ist das nicht die Martinskirche?«, fragte Franzi.
Kim nickte. »Über den Kirchhof erreicht man die nächste Straße ganz schnell.«
Die Mädchen betraten den Kirchhof. Schwache Laternen leuchteten in unregelmäßigen Abständen, doch dazwischen

herrschte Dunkelheit. Marie zückte ihr Handy und ließ den Schein der Taschenlampe auf den Weg fallen.

Franzi spähte in die Dunkelheit. Die düsteren Schatten von alten Bäumen verschluckten das Licht ihrer Fahrradlampen schnell. Das war sicher ein toller Lebensraum für nachtaktive Tiere wie Eulen und Marder! »Warum gibt es eigentlich diesen riesigen Kirchhof?«, fragte sie. »So viel Platz mitten in der Stadt ... Haben die Menschen früher manchmal ihre Gottesdienste draußen abgehalten?«

Kim schüttelte den Kopf. »Weißt du das denn nicht? Früher war um die Kirche der Friedhof.«

Marie blieb stocksteif stehen. »Soll das heißen, wir gehen auf alten Gräbern spazieren?«

»Allerdings, wahrscheinlich auf tausenden und abertausenden«, meinte Kim. »Hier wurden schließlich viele Jahrhunderte lang Menschen begraben.«

Marie schüttelte sich und flüsterte: »Okay. Nicht schlimm. Total normal, so ein Friedhof im Dunkeln.« Aber sie ging doch etwas näher an Kim und Franzi heran. Um sich abzulenken, fragte sie: »Die Mondfinsternis findet bei Vollmond statt, richtig?«

Kim nickte.

»Und was für einen Mond haben wir heute?«

Kim zuckte mit den Schultern und Franzi blickte zum Himmel. Die Wolken hatten sich gelichtet und einige Sterne glänzten am Himmel. Der Mond war allerdings nirgends zu sehen. »Es ist noch genau eine Woche bis Weihnachten und zwei Wochen bis Silvester«, sagte sie. »Also ist heute Neumond.«

Marie sah ihre Freundinnen mit großen Augen an und wisperte: »Neumond vor der Raunacht – blutrote Maus.«

Franzi schnappte nach Luft. »Was soll das eigentlich heißen? Wird etwa eine arme Maus verletzt?«

Kim schüttelte den Kopf. »Bestimmt nicht. Es ist nur eine Legende, genau wie die vom Nikolaus und den Wintergeistern in den Raunächten.«

»Den Nikolaus hat es aber wirklich gegeben«, hielt Marie dagegen. »Also könnte an Pauls Legende auch etwas dran sein. Ein Körnchen Wahrheit nur.«

Kim meinte ganz logisch: »Ja, dass das Haus damals abgebrannt ist, das ist das Körnchen Wahrheit.«

»Puh, gut!« Franzi grinste schief. »Dann muss ich mir keine Sorgen um die Hausmäuse von Familie von Marling machen.«

Nun lächelten auch Kim und Marie. Die nahm sich allerdings fest vor, in den nächsten Tagen bei Paul zu fragen, ob in der Neumondnacht irgendetwas Gruseliges passiert war.

Mmmh, köschtlisch!«, nuschelte Kim durch einen Mund voll Lebkuchen und streckte die Hände zu dem alten Ofen aus, der das Hauptquartier der drei !!! mit wohliger Wärme und dem Duft von Holzfeuer erfüllte. In den anderen Ecken des Pferdeschuppens auf dem Hof der Winklers – am Computer, an den zugigen Fenstern und in der urigen Pferdekutsche – war es jetzt im Dezember eher ungemütlich. Vor Kim stand eine volle Schüssel mit Weihnachtsgebäck. Franzis Mutter hatte für ihr Café neue Rezepte ausprobiert und ließ die Mädchen testen.

Kim schluckte. »Du kannst deiner Mutter sagen, dass alles super schmeckt. Aber zur Sicherheit probiere ich lieber noch mal.« Grinsend nahm sich Kim einen Dominostein und Franzi schnappte sich eine Handvoll Zimtsterne.

»Hu, kalt! Hallo, Mädels!« Marie kam durch die Tür und lief direkt zum Ofen, um ihre vom Radfahren klammen Hände zu wärmen.

Kim schluckte. »Hi, Marie! Gut, dass der Detektivclub endlich komplett ist, ich hab euch nämlich etwas zu erzählen: Paul hat sich gemeldet.«

Marie warf Jacke und Mütze von sich und setzte sich in einen Sessel. »Erzähl!«, sagte sie und biss in ein Vanillekipferl.

Kim holte ihr Handy hervor und rief eine Nachricht auf. »Nachdem Paul gestern vom *Lomo* nach Hause gekommen ist – zusammen mit seinem Onkel Sam übrigens, den wir ja

auch gesehen haben – hat er gleich das große Gemälde angesehen.«
»Uuund?«, fragte Franzi.
»Nichts«, erwiderte Kim.
Franzi verdrehte die Augen. »Wow, voll der spannende Fall«, meinte sie trocken.
Aber Kim war noch nicht fertig. »Heute Morgen ist Paul dann aber fast aus den ritterlichen Hausschuhen gekippt. Er hat am unteren Rand des Bildes einen knallroten Fleck entdeckt. Hier, er hat mir ein Foto geschickt.«
Kim hielt den Freundinnen ihr Handy hin. Auf dem Bildschirm sah man ein Stück eines Ölgemäldes mit Steinen, ein paar Grashalmen – und etwas Rotem.
»Eine Maus!«, schrie Marie.
»Und sie ist rot wie eine Christbaumkugel«, bestätigte Franzi. »Ist Paul sich ganz sicher, dass sie vorher nicht so aussah?«
»Die Maus war grau, sagt Paul, hundert Prozent«, bestätigte Kim. »Die Legende scheint wahr zu werden, zumindest Teil eins: Neumond vor der Raunacht – blutrote Maus.«
Einen Moment sahen sich die Mädchen schockiert an. Franzi stopfte sich vor Aufregung zwei Spekulatius auf einmal in den Mund und Marie zwirbelte eine Haarsträhne zwischen den Fingern.
Schließlich meinte Kim: »Lasst uns ganz logisch vorgehen. Erste Frage: Kann so etwas von selbst passieren? Werden schlimme Ereignisse von bestimmten Zeichen angekündigt?«

Marie schüttelte sich: »Das wäre ja total gruselig! Stellt euch mal vor, man wüsste immer schon vorher, dass bald etwas passiert. Dann hätte man vorher auch noch Angst und alles würde noch viel schlimmer!«

»Bei mir müsste dann vor jeder Mathe- und Französischarbeit irgendetwas blutrot werden«, meinte Franzi und grinste schief. »Denn die sind für mich jedes Mal ein schlimmes Ereignis. Für meine Lehrer übrigens auch.«

Kim und Marie kicherten.

»Im Ernst«, meinte Kim. »Ich suche eine logische naturwissenschaftliche Erklärung, so wie zum Beispiel dunkle Wolken ein schweres Unwetter ankündigen oder Vulkane vor einem Ausbruch Rauch spucken und grummeln. Aber ich fürchte, eine natürliche Erklärung für die rote Maus können wir vergessen.«

Marie ließ das Plätzchen sinken, in das sie gerade beißen wollte, und blickte ihre Freundinnen erschrocken an. »Eine natürliche Erklärung gibt es vielleicht nicht«, flüsterte sie. »Aber dafür eine übernatürliche: Bei den von Marlings spukt es! Ein uraltes Rittergeschlecht, ein altes Anwesen, das könnte doch passen.«

»Mariiiie«, sagte Kim gedehnt. »Merk es dir bitte ein für alle Mal: Es gibt keinen Spuk und keine Gespenster.«

»Das stimmt«, bestätigte Franzi.

»Sagt ihr«, murmelte Marie so leise, dass ihre Freundinnen es nicht hören konnten. Laut sagte sie:

»Na gut, und was dann? Dann muss ein Mensch die Maus rot angemalt haben.«

Kim, Franzi und Marie sahen sich an. Marie hatte den Nagel auf den Kopf getroffen: Das war die einzige mögliche Erklärung. Und das bedeutete, dass sich jemand mit der Familie von Marling einen Scherz erlaubte.

»Ich würde sagen, wir haben einen neuen Fall, oder?«, fragte Franzi.

Kim nickte und streckte ihren rechten Arm aus. Franzi und Marie verstanden sofort und legten ihre Hände auf Kims. Lächelnd sahen die Freundinnen sich an.

»Eins!«, rief Kim.

»Zwei!«, rief Franzi.

»Drei!«, rief Marie.

Dann holten sie alle tief Luft, warfen die Arme nach oben und brüllten: »Power!!!«

Weil es so kalt war, überredete Franzi ihren Bruder Stefan, sie und ihre Freundinnen mit dem Auto zu fahren. Er setzte sie am Gut der von Marlings ab und

versprach, sie später wieder abzuholen. Die Mädchen gingen durch ein schmiedeeisernes Tor in einer langen Mauer aus Feldsteinen. Zwischen hohen kahlen Bäumen liefen sie auf das Gutshaus zu.

»Es ist wunderschön hier!«, schwärmte Marie. Links und rechts vom Gutshaus lagen Scheunen und Stallungen. Alles war aus hellem Stein und mit Ranken bewachsen. Das Gutshaus selbst war schmal und hoch und man erreichte es über eine geschwungene Treppe mit zwei Aufgängen.

Franzi sah sich um. »Ich hatte mich schon gefragt, was ich mir unter einem Rittergut genau vorstellen soll. Eigentlich ist es nicht viel anders als unser Bauernhof, nur etwas größer und schicker.«

»Schick?«, fragte Kim und deutete auf das Dach einer Scheune, das an mehreren Stellen Löcher hatte. Die Farbe blätterte von den Fensterläden des Gutshauses und auf der Einfahrt wucherte Unkraut.

»Ist doch total romantisch!«, fand Marie. »Gehen wir rein, werte Damen?« Sie tat so, als würde sie einen langen Rock zusammenraffen, und schritt königlich die Stufen zum Eingang hinauf. Dort klopfte sie mit einer Hand geziert an die Tür. »Sicher wird uns der Hausdiener gleich hineinbitten«, säuselte sie.

Franzi kicherte und Kim drückte grinsend auf die Klingel. »Ich glaube, die haben hier schon Strom«, sagte sie.

»Und leider keinen einzigen Dienstboten«, meinte Paul, der die Tür öffnete und das Gespräch der drei !!! gehört hatte. »Hi, ihr drei! Super, dass ihr gekommen seid.«

Kim, Franzi und Marie betraten die Eingangshalle – und staunten. Ein riesiger, sicher fünf Meter hoher Weihnachtsbaum ragte bis ins obere Stockwerk, das man über eine ausgetretene Holztreppe erreichte. Unzählige Lichter funkelten an dem Baum, aber er war nur ungefähr bis zur Hälfte mit geschnitzten Figuren und glänzenden Kugeln geschmückt.

»Ist das schön!«, schwärmte Marie.

»So weihnachtlich!«, fand Kim.

Paul lächelte stolz. »Ja, unser Weihnachtsbaum ist immer einmalig! Es ist Tradition, ihn am ersten Advent aufzustellen und nach und nach zu schmücken. Bis Weihnachten hängt alles voll.«

Franzi meinte: »Das ist sicher der größte Weihnachtsbaum, den ich je gesehen habe.«

Paul zwinkerte. »Zu irgendetwas muss dieser alte Kasten ja gut sein! Im Ernst, unser Zuhause ist toll, aber manches nervt auch: Im Winter ist es kalt, bei Wind klappern die Dachziegel und in der Küche funktioniert manchmal der Strom nicht. Ganz zu schweigen von dem Spuk um das Gemälde!«

Marie stupste Kim den Ellenbogen in die Seite. »Siehst du? Paul denkt auch, dass es ein Spuk ist«, flüsterte sie. Zu Paul sagte sie: »Zeigst du uns das Bild?«

Das Gemälde hing direkt in der Eingangshalle, war allerdings halb hinter dem Weihnachtsbaum versteckt und lag etwas im Schatten. Paul schaltete einen Kronleuchter ein und ging davon, um Getränke zu holen. So konnten sich die drei !!! in aller Ruhe umsehen.

Das riesige Ölgemälde zeigte das Gutshaus, wie sie es draußen gesehen hatten, nur war es im Bild noch ganz neu. Ein Mann, den Paul als seinen Urururopa Heinrich vorgestellt hatte, stand stolz auf der Treppe vor dem Haus. Auf dem Bild war es Abend und dunkel. Eine Katze streifte durch die Büsche, eine Eule flog über den Nachthimmel in Richtung des rötlichen Vollmonds und unten rechts, nah am Bildrand gelegen, huschte eine Maus durch das Bild. Ihr Fell war blutrot.

»Sieht echt gruselig aus«, flüsterte Marie.

Kim berührte die Maus vorsichtig mit den Fingern. »Trocken«, stellte sie fest. »Wenn jemand frische Ölfarbe daraufgemalt hätte, müsste sie noch kleben. Ölfarbe trocknet sehr langsam.«

Franzi wiegte den Kopf hin und her und kniff die Augen zusammen. Dann trat sie ein paar Schritte zurück und machte das Gleiche noch mal. »Von Weitem sieht man die Maus kaum«, meinte sie. »Sie ist ja auch halb hinter dem Weihnachtsbaum verborgen. Die einfachste Erklärung wäre, dass die Maus schon immer rot ist.«

»Meinst du, dass Paul uns anlügt?«, fragte Marie entrüstet.

Franzi zuckte mit den Schultern. »Vielleicht hat er gestern Abend gar nicht so genau hingesehen. Wenn das Licht aus ist, erkennt man hier in der Halle ja auch nicht viel. Vielleicht will Paul sich aber auch bloß wichtigmachen.«

Marie verschränkte die Arme vor der Brust. »Das glaube ich nicht. Paul wirkt auf mich sehr ehrlich«, sagte sie.

Franzi seufzte. »Das denke ich eigentlich auch. Er ist total nett, oder? Hey, und er bringt uns Tee und Kekse!«

Denn genau in diesem Moment kam Paul mit einem Tablett in die Halle zurück. »Hier kommt euer persönlicher Dienstbote«, meinte er grinsend. »Kommt mit, wir nehmen den Tee in der Bibliothek.«

»Mit Vergnügen!«, säuselte Marie, raffte wieder ihre unsichtbaren Röcke und trippelte neben Paul her. Kim und Franzi folgten ihnen.

Die Bibliothek lag neben der Eingangshalle. Sie war riesig und voller deckenhoher Bücherregale. Kim wäre am liebsten zum Schmökern dortgeblieben, aber als der Tee alle war, wollte Paul den Freundinnen noch den Rest des Hauses zeigen.

»Also gut!« Kim seufzte. »Als Detektivin muss ich mich natürlich umsehen. Tschüss, ihr Bücher, und seid schön brav!«

Marie lachte und hakte sich bei Kim ein.

Die übrigen Räume des Ritterguts sahen ziemlich normal aus. Es gab eine moderne Küche, ein gemütliches Wohnzimmer und das geräumige Arbeitszimmer von Pauls Eltern. Pauls

eigenes Zimmer lag unter dem Dach und es war mindestens doppelt so groß wie normale Kinderzimmer.
»Früher habe ich es mir mit meinem großen Bruder Max geteilt«, erzählte Paul. »Er wohnt aber nicht mehr zu Hause. Er studiert Chemie in einer anderen Stadt.«
»Ist er das?«, fragte Franzi. Sie hatte auf dem Schreibtisch ein Foto erspäht, das Paul mit einem jungen Mann zeigte.
Paul nickte und Franzi nahm das Foto in die Hand. Sie betrachtete es lange und ausgiebig, bevor sie es wieder hinstellte.
»Du und Max, ihr habt bestimmt viel Spaß zusammen, wenn er zu Besuch kommt, oder?«, fragte Marie, die total gern mit ihrem kleinen Bruder Finn spielte.
Paul verzog das Gesicht. »Leider nicht. Er kommt nie her, er … Max hat keinen Kontakt mehr zu meinen Eltern.«
Kim, Franzi und Marie sahen sich kurz an. Was wohl zwischen Pauls älterem Bruder und seinen Eltern vorgefallen war? Aber das ging sie nichts an. Max konnte kaum für die rote Maus verantwortlich sein, wenn er nie zu Hause war. Dafür quetschten die drei !!! Paul über die anderen Bewohner des Hauses aus.
Pauls Vater Jochen war Schlosser mit einem eigenen kleinen Betrieb und arbeitete auch als Landwirt auf dem Gut. Seine Frau Jessica war Ingenieurin in einer Chipfabrik in der Stadt. Paul war sicher, dass seine Eltern das Gut und die Familie liebten und keinen Grund hatten, das Gemälde rot einzufärben. Pauls Onkel Samuel, der Bruder von Jochen von Marling, war

nur für einige Wochen zu Besuch. Eigentlich lebte er seit Jahren in Florida.
»So kam er zu seinem Spitznamen: Uncle Sam«, erklärte Paul.
»Und deshalb ist er auch so braun gebrannt«, kombinierte Kim.
Auf dem Rückweg zu den Fahrrädern trafen die drei !!! noch ein Mitglied von Pauls Familie: Seine Oma Gerti stand trotz der winterlichen Kälte im Tennisdress auf dem Rasen neben dem Gutshaus und übte Aufschläge. Um sie herum waren dutzende knallgelbe Tennisbälle verteilt.
»Oh, Paul, du hast Besuch? Willst du mir die Damen nicht vorstellen?«, rief sie und lachte herzlich.
Kim, Franzi und Marie grüßten, während Paul die Tennisbälle einsammelte.
Oma Gerti blickte die Detektivinnen wissend an. »Paul hat euch wegen unserer blutigen Familienlegende geholt, richtig?«
Die Mädchen nickten. Oma Gerti erklärte: »Ich wohnte erst seit ein paar Jahren hier bei meiner Tochter Jessica und ihrer Familie. Aber ich liebe das Landleben! Diese dumme Legende macht die Familie bloß nervös und bringt alles durcheinander.«
Marie hatte die Augen aufgerissen. »Dann glauben Sie also nicht, dass die Legende wahr und der Spuk echt ist?«
Oma Gerti schüttelte den Kopf. »Papperlapapp!«, sagte sie. »Es gibt keinen Spuk. Aber was wirklich dahintersteckt, weiß

ich leider auch nicht. Wenn ich es wüsste, hätte ich längst etwas unternommen.« Sie klemmte sich den Tennisschläger unter den Arm und ließ sich von Paul die eingesammelten Bälle zurückgeben. »Ich gehe jetzt ins Fitnessstudio. Wartet nicht mit dem Abendessen auf mich, Paulchen!«

Marie grinste Paul an. »Du hast mit Abstand die coolste Oma aller Zeiten«, sagte sie begeistert.

Kim, Franzi und Marie gingen zum Tor. Während sie auf Stefan warteten, sagte Franzi: »Ich muss euch etwas erzählen. Ihr wisst doch, dass ich mir das Foto von Paul und seinem Bruder angesehen habe, richtig?«

Ihre Freundinnen nickten und Franzi fuhr fort: »Auf dem Foto stehen die beiden in der Eingangshalle – vor dem großen Gemälde! Es war zwar etwas schwer zu erkennen, aber: Die Maus war grau, kein Zweifel.«

Marie jubelte. »Paul lügt nicht, das habe ich doch gleich gesagt!« Dann wurde sie ernst. »Auf dem Gut geht irgendetwas vor sich.«

Vorerst konnten die drei !!! nichts weiter tun. Wenn noch etwas bei den von Marlings passieren würde, dann erst bei Halbmond, das verriet der seltsame Spruch.

Die Zeit verging. Kim, Franzi und Marie backten Plätzchen und besuchten den Weihnachtsmarkt. Doch am Morgen des 24. Dezember rief Paul aufgeregt bei Marie an und die meldete sich sofort bei ihren Freundinnen. Wenig später radelten die Mädchen zusammen zum Gut. Paul öffnete ihnen die Tür und ließ sie eintreten.

»Wow!«, machten Kim, Franzi und Marie wie aus einem Mund. Der meterhohe Weihnachtsbaum in der Halle des Gutshauses war jetzt komplett geschmückt. Er leuchtete, funkelte und blitzte von oben bis unten und sah wirklich wunderschön aus. Einen Moment konnten die Freundinnen ihn nur wie verzaubert anstarren.

»Ich freue mich ja so auf die Bescherung«, flüsterte Kim.

»Ich auch«, wisperten Franzi und Marie gleichzeitig zurück.

Paul räusperte sich. »Äh, Mädels, hallo? Meine Familie ... das Gemälde ... wisst ihr noch?«

Kim riss sich los und schaltete in den Detektivinnenmodus. Sie trat zu dem großen Ölgemälde und schnappte nach Luft: »Dein Urururu式ropa Heinrich – er ist blutrot!«

Marie nickte. »Von der Hutfeder bis zu den Stiefelspitzen.«

Kim packte ihren Rucksack aus und begann, das Gemälde genauer zu untersuchen. Sie berührte die Farbe und schnupperte daran, doch alles war trocken. Nur ein merkwürdiger Geruch fiel ihr auf, der sie an heiße Zitrone erinnerte. Dann nahm sie Fingerabdrücke.

Franzi machte Fotos von allen Details.

Marie grübelte: *Neumond vor der Raunacht – blutrote Maus, Halbmond vor der Raunacht – blutroter Klaus* … Irgendetwas stimmte doch daran nicht! »Die Maus bei Neumond, ja, die haben wir. Halbmond war heute Nacht auch – aber … die Person da heißt Heinrich, nicht Klaus!«

Kim, die das Bild gerade mit einer UV-Lampe ableuchtete, um verborgene Spuren zu finden, hielt inne. »Stimmt, Marie! Das ist ja merkwürdig.«

Paul zuckte mit den Schultern. »Das ist doch eine Kleinigkeit! Ich muss wissen, was hier vor sich geht, versteht ihr? Wir alle müssen das wissen. Meine Eltern machen sich zwar lustig über die Legende, aber ich glaube, heimlich sind sie auch besorgt. Oma Gerti geht ständig zum Sport, um sich abzulenken. Irgendwie sind hier alle durch den Wind.« Nervös lief er in der Halle auf und ab. »Habt ihr schon etwas herausgefunden? Hat jemand die Figuren angemalt oder passiert das irgendwie … von selbst?« Er schluckte.

Kim legte Paul beruhigend eine Hand auf den Arm. »Nein, da sind wir uns sicher: Von selbst passiert hier nichts. Es ist irgendein Trick.«

Franzi nickte: »Und für den ist ein Mensch verantwortlich, kein Geist.«

»Ich konnte allerdings keine Spuren von frischer roter Farbe finden«, sagte Kim. »Auch keine Fingerabdrücke oder andere Hinweise. Ob es irgendeinen Trick gibt, wie man Farben ändern kann? Wir bräuchten jemand, der oder die ...«

»... zaubern kann?«, fragte Marie augenzwinkernd.

Paul schnappte nach Luft: »Nein, jemanden, der sich mit Chemie auskennt. Und ich weiß auch, wen wir fragen: meinen Bruder Max!« Sofort holte er sein Handy aus der Tasche und ging zum Telefonieren nach draußen.

Franzi betrachtete nachdenklich das Ölgemälde mit der blutroten Figur vor dem Gutshaus. »Wenn wirklich ein Mensch absichtlich die Familienlegende wahr werden lässt, dann frage ich mich: Was ist das Motiv? Warum das alles? Was soll der Spuk bringen, außer dass Paul und seine Familie nervös werden?«

Marie schluckte. »*Blutmond in der Raunacht – blutrotes Haus* ... Oh, nein!«

»Was hast du?«, fragte Kim.

Marie zeigte aufgeregt auf das Gemälde. »Blutrotes Haus, versteht ihr? Blutrot wie Feuer und Flammen! Der Spruch ist eine Warnung davor, dass das Gutshaus nicht nur auf dem Gemälde rot wird, sondern auch in echt. Dass es genau wie vor 300 Jahren ... in Flammen aufgeht.«

Schockiert blickten Kim, Franzi und Marie sich an. Das war mehr als ein kleiner Gruselstreich, das war eine handfeste Gefahr für die von Marlings!

Paul wurde ganz blass, als die drei !!! ihm von ihrem Verdacht berichteten.

»Hast du eine Ahnung, wer so etwas tun würde? Und warum?«, fragte Franzi ihn.

Und Marie setzte vorsichtig hinzu: »Was ist eigentlich mit Max? Worum geht es in dem Streit mit deinen Eltern?«

Paul blieb der Mund offen stehen. »Glaubt ihr etwa, dass er … Niemals! Er ist doch auch nie hier!«

Kim machte ein mitfühlendes Gesicht und sagte: »Wir dürfen niemanden ausschließen. Max könnte sich heimlich eingeschlichen haben, oder nicht?«

Paul seufzte, dann erzählte er. Max hatte sich entschieden, in einer anderen Stadt zu studieren, um etwas Neues kennenzulernen. Sein Vater hielt es jedoch für besser, dass Max in der Nähe des Gutes blieb. Max war sehr erbost darüber, dass sein Vater sich einmischte. »Das Ganze hat sich total hochgeschaukelt. Beide sind schreckliche Dickköpfe!«

Kim, Franzi und Marie seufzten mitfühlend.

»Familien!«, meinte Kim und dachte an ihre kleinen Brüder, die sie manchmal ganz schön nervig fand. »Fällt dir sonst ein möglicher Täter ein?«

Paul schüttelte den Kopf. »Niemand, den ich kenne, würde uns so etwas antun. Warum auch?«

»Das fragen wir uns ja auch die ganze Zeit.« Franzi seufzte. »Themawechsel. Hast du Max eben am Telefon erreicht?«

Paul nickte. »Mein Bruder möchte sich das Gemälde ansehen, um herauszufinden, ob es chemisch verändert worden ist. Doch wegen dem Streit mit unseren Eltern kann er leider nur heimlich herkommen.«
Dafür gab es eine Woche später die perfekte Gelegenheit: die Silvesterfeier der von Marlings. Es war ein Maskenball. Paul lud auch Kim, Franzi und Marie dazu ein.
»Dann werden wir ja sehen, ob das Haus abbrennt oder nicht«, meinte Paul und schluckte trocken.
Franzi versuchte, Paul zu beruhigen: »Hab keine Angst, das passiert schon nicht. Das sieht man schon daran, dass kein Klaus blutrot geworden ist, sondern ein Heinrich!«
»Von welchem Heinrich sprecht ihr?«, fragte da eine Stimme aus dem ersten Stock. Oma Gerti stand auf dem oberen Treppenabsatz. Sie trug ein rotes Paillettenkleid mit weißem Fellbesatz.
»Wow!« Marie lächelte breit. »Sie sehen aus wie eine sehr glamouröse Weihnachtsfrau!«
»Danke sehr!« Lächelnd schritt Oma Gerti die Treppe hinunter. Ihr Kleid glitzerte bei jedem Schritt. »Geht es schon wieder um die dumme Legende, Kinder? Jetzt sagt bloß, der olle Heinrich-Nikolaus ist auch rot geworden.«
»Heinrich-wie?«, fragte Kim erstaunt.
»Heinrich-Nikolaus von Marling, so hieß der Mann.« Oma Gerti deutete mit einem spitzen roten Fingernagel auf das Gemälde.

»Oh, nein!«, rief Kim. »Den Namen Nikolaus kann man abkürzen – zu Klaus.«
Alle schwiegen erschrocken. Nur Oma Gerti hakte sich bei Paul unter. »Davon lassen wir uns aber nicht das Weihnachtsfest verderben, Junge«, sagte sie. »Komm mit in die Küche. Ich brauche jetzt einen schönen heißen Kaffee.«
Die drei !!! verabschiedeten sich. Es war schon gegen Mittag, als sie die Stadt erreichten und sich gegenseitig fröhliche Weihnachten wünschten.

Am Silvesterabend betraten Kim, Franzi und Marie in schicken Kleidern das Gutshaus der von Marlings. An der Tür durften sich alle Gäste eine Maske aus der Sammlung der von Marlings aussuchen. Die drei Detektivinnen entschieden sich für mit Federn verzierte Vogelmasken im Stil des venezianischen Karnevals.
In der großen Halle standen jede Menge Leute in Kleidern, Anzügen und Masken herum. Der riesige Weihnachtsbaum und die alte Treppe waren mit bunten Girlanden und Glitzerschmuck dekoriert.
»Oh, seht mal, eine DJane macht Musik!«, sagte Marie begeistert.
»Wollen wir uns an der Bar etwas zu trinken holen?«, fragte Franzi. »Es gibt auch ein kaltes Buffet.«
Kim nickte. »Hoffentlich kann ich mit dem langen Schnabel an der Maske überhaupt essen«, jammerte sie.
Doch das war zum Glück kein Problem. Alle drei bedienten sich an Glückskeksen, Kleeblattmuffins, Marzipanschweinchen und Neujahrswaffeln. Mit ihren vollen Tellern suchten sie sich einen Platz halb hinter dem großen Weihnachtsbaum. Hier hatten sie das Gemälde im Blick, konnten aber selbst nicht von jedem gesehen werden.
Ein Mann trat zu ihnen. Er trug einen schicken dunklen Anzug und eine kunterbunte Maske mit drei Spitzen wie bei einer Narrenkappe.

»Hi«, sagte die Stimme von Paul. Er klang nicht sehr glücklich. »Tolle Party, oder?«

Marie kicherte. »Du maskierst dich wohl nicht so gern, was?«

»Wie hast du das nur erraten?«, fragte Paul trocken. »Für mich war natürlich nur die alberne Narrenmaske übrig. Ich verstehe nicht, wie meine Eltern überhaupt an Feiern denken können! Sie wollen die Sache mit dem Gemälde einfach nicht ernst nehmen. Ich dagegen ...« Er seufzte.

»Keine Sorge, wir lüften das Geheimnis schon«, meinte Franzi beruhigend. »Ist dein Bruder gekommen?«

Paul drehte sich um und winkte einem Gast im schwarzen Anzug mit einer auffälligen Maske im Schachbrettmuster, die das ganze Gesicht bedeckte. Er unterhielt sich gerade mit einem Herrn mit einer schlichten goldenen Augenmaske. Die Haut unter der Maske war auffällig braun gebrannt.

»Lass mich raten: Goldmaske ist euer Uncle Sam, richtig?«, fragte Kim.

Paul nickte. »Und das Schachbrett ist Max. Die beiden haben sich schon immer gut verstanden.«

Max kam herüber und Paul stellte seinen Bruder vor. Er klang nett und war wie Paul ziemlich besorgt über die Veränderungen am Gemälde.

»Kennt ihr Miss Marple?«, fragte Kim unvermittelt.

»Ist die auch hier?«, fragte Paul verwirrt.

Kim kicherte. »Quatsch! Miss Marple ist zwar mindestens so cool wie Oma Gerti, aber sie ist nicht echt. Sie ist eine Ermittlerin der englischen Autorin Agatha Christie.«
»Kim«, meine Franzi. »Jetzt ist wirklich nicht die Zeit, über deine Lieblingsgeschichten zu sprechen. Wir haben einen Fall, schon vergessen?«
Kim schüttelte den Kopf, dass ihre Vogelmaske verrutschte.
»Aber darum geht es doch«, erklärte sie. »Mir ist das gerade wieder eingefallen: In einer Miss-Marple-Geschichte verfärben sich die Blumen auf einer Tapete und eine Frau stirbt vor Angst. In dem Fall wurde medizinisches Testpapier auf die Blumen geklebt, dass sich blau färbt, wenn bestimmte Dämpfe darauf treffen.«
»Auf unserem Gemälde klebt aber kein Papier«, meinte Paul. »Das hättet ihr vor einer Woche doch gesehen.«
Max nickte langsam. »Aber die Idee passt, hier könnte etwas Ähnliches passiert sein. In der Chemie untersucht man häufig die Eigenschaften von Flüssigkeiten mit bestimmten Tests, deren Farbe sich ändert. Zum Beispiel werden saure Flüssigkeiten mit der richtigen Testsubstanz rot.«
»Hast du gerade sauer gesagt?«, rief Kim. »Der blutrote Klaus hat nach Zitrone gerochen. Sauer!«
»Dann muss es so passiert sein!« Max hob die Hand und Kim schlug ein.
»Und was heißt das jetzt für unseren Fall?«, fragte Franzi. Doch die !!! hatten keine Zeit, weiter zu beraten. In diesem

Moment trat ein Mann vor das Gemälde, klopfte an sein Glas und streifte seine kunterbunte Federmaske ab. Es war Pauls Vater, der die Gäste willkommen hieß und allen eine tolle Feier wünschte.

»Passend zu unserem Maskenball mitten in den Raunächten habe ich noch eine kleine Schauergeschichte für euch«, sagte er und erzählte von der Familienlegende, der heutigen Mondfinsternis und den blutrot verfärbten Teilen des Gemäldes. Er grinste und zwinkerte dazu, offenbar hielt er die Sache für einen großen Scherz.

»Jetzt möchte ich mit euch anstoßen«, sagte Jochen von Marling zum Schluss. »Wir haben nämlich einen besonderen Grund zum Feiern. Mein Bruder Samuel ist endlich mal wieder zu Besuch. Sam, komm her. Prost!«

Pauls Vater winkte Uncle Sam mit seiner Goldmaske herbei, der sein Colaglas hob und mit seinem Bruder anstieß. Überall klirrten die Gläser. Auch Max, Paul und die drei !!! stießen miteinander an und tranken.

Plötzlich zerriss ein Schrei die Halle. Eine Frau im Spitzenkleid ließ ihre funkelnde Maske sinken, die sie an einem Stab gehalten hatte. Es war Pauls Mutter und jetzt zeigte sie mit zitternden Fingern auf das Gemälde. »Da! Das Gutshaus! Es ist ... rot wie Blut!«

Raunen, Wispern und aufgeregte Stimmen breiteten sich in der Halle aus. Zuerst drängten die Partygäste nach vorne, um das blutrote Haus auf dem Gemälde zu betrachten. Und dann wurde ein Wort von einem zum anderen weitergesagt: Feuer. Feuer? Feuer! Wenn das Haus damals vor 300 Jahren gebrannt hatte, würde das jetzt sicher wieder passieren! Ein fürchterliches Durcheinander entstand. Paul eilte zu Oma Gerti und Max zu Uncle Sam. Jemand stieß die Eingangstür auf und eilte nach draußen. Nach und nach setzte eine richtige Panik ein und alle liefen auf den Hof.

Die drei !!! warfen sich einen vielsagenden Blick zu und gingen hinter dem Weihnachtsbaum in Deckung. Kim blickte nervös durch die menschenleere Halle zur Tür. »Sollten wir nicht auch besser rausgehen?«, fragte sie. »Was, wenn es wirklich brennt?«

Franzi schnupperte. »Ich rieche nichts. Außerdem wäre das total unlogisch. Brandstiftung könnte man viel einfacher begehen, wenn nicht so viele Gäste da sind. Je mehr Gäste, umso mehr Zeugen.«

»Ist dann alles nur ein schlechter Scherz?«, fragte Kim. »Könnte es nicht doch Max sein? Er fühlt sich von seinem Vater unfair behandelt. Vielleicht will er sich einfach nur rächen, indem er die Feier stört.«

Marie schüttelte den Kopf. »Paul hat uns versichert, dass Max seit Monaten nicht hier war. Daher kann er mit Maus und Klaus nichts zu tun haben. Es muss um etwas anderes gehen. Vielleicht ...« Sie grübelte. »Vielleicht legt es der Täter oder die Täterin darauf an, dass das Haus menschenleer ist, um irgendetwas zu erledigen. Heimlich.«

Kim nahm ihre Maske ab. »Klingt logisch! Das bedeutet, dass er oder sie nicht auf dem Gut wohnt. Sonst hätte man nämlich nicht ausgerechnet die Party für die ganze Aktion wählen müssen. Pauls Familie ist damit raus.«

Franzi winkte den anderen und wisperte: »Kommt schon, wir müssen das Haus durchsuchen. Vielleicht stiehlt gerade jemand das Silberbesteck oder ...«, sie kicherte, »... Oma Gertis funkelndes Paillettenkleid.«

Leise schlichen Kim, Franzi und Marie durch das verlassene Haus. Das Wohnzimmer war leer und in der Bibliothek lag nur ein Buch auf dem Fußboden.

Kopfschüttelnd hob Kim den alten Wälzer auf. »Wer geht denn so mit Büchern um? He!« Sie stutzte. Das Buch behandelte die Geschichte der Gegend. Klöster, Landsitze und Rittergüter wurden erwähnt. Auf der Seite, die aufgeschlagen war, stand der Name von Marling.

»Jemand interessiert sich für Pauls Familie«, schlussfolgerte Marie.

Kim stellte das Buch ins Regal zurück und nickte. »Wir müssen die Person finden.«

Die Schlafräume im ersten Obergeschoss waren verlassen. Jetzt blieb nur noch der Keller, den man von der Küche aus erreichte. Zwischen schmutzigem Geschirr und leeren Flaschen führte eine Tür ins Dunkle.

»Sicher, dass ihr da runterwollt?«, fragte Kim. Wenn sie die steile Treppe hinter der Tür nur ansah, bekam sie schon Herzklopfen.

Marie knipste ihre Handytaschenlampe an. »Das schaffen wir schon«, sagte sie und ging voraus. Franzi folgte ihnen.

Die Kellertreppe knarzte. Spinnenweben hingen von der Decke und Marie schüttelte sich, lief aber entschlossen weiter.

Unten lag ein Gang vor ihnen, fast wie ein Tunnel, mit gewölbter Decke und lehmigem Fußboden. In den Wänden waren niedrige Türen.

»Soll ich?«, fragte Marie vor der ersten.

Franzi und Kim nickten und Marie öffnete. Im Schein ihres Handys ragten unförmige Schatten auf.

»Was ... ist das?«, fragte Kim mit zitternder Stimme.

Marie sah genauer hin. »Tische, Kisten ... nur altes Gerümpel«, erklärte sie, aber auch ihre Stimme klang dünn.

Die drei !!! schlichen weiter. Kim spürte, wie ihr das Atmen immer schwerer fiel, je weiter sie sich von der Kellertreppe entfernten. Sie fühlte sich einfach nicht wohl in engen Räumen.

»Ich … ich kann … nicht …«, japste sie.

Franzi blieb stehen und ergriff ihre Hand. »Alles gut, Kim.« Sie leuchtete mit ihrem Handy auf den lehmigen Boden. Keine Fußabdrücke, hier unten war seit Jahren niemand gewesen. Sie konnten wieder nach oben gehen.

Zurück in der Küche lehnte sich Kim zitternd an den Esstisch. Marie drückte ihr eine Cola in die Hand. Kim trank und die Farbe kam in ihr Gesicht zurück. »Mmh, der saure Geschmack tut so gut!«, sagte sie und lächelte ihre Freundinnen an. »Wie geht es weiter?«

In diesem Augenblick hörten sie es: ein Klirren. Ein Poltern. Schritte. Und dann Stille.

Was immer das war, es kam von oben«, meinte Kim.

Marie rannte zur Küchentür und lauschte in den Gang. »Jetzt ist alles still. Kommt, wir sehen nach.« Mutig ging sie voraus und Kim und Franzi folgten ihr. Die Eingangshalle war immer noch menschenleer und

auch auf der Treppe zum ersten Stock begegneten sie niemandem.
KNARZ!, machte eine Stufe, als Franzi darauftrat. Die drei !!! verharrten. In der Stille waren von oben noch einmal leise Schritte zu hören, aber sie kamen nicht näher.
»Alles klar«, hauchte Marie und winkte ihren Freundinnen. Sie schlichen den Gang entlang. Eine Tür stand offen und erlaubte einen Blick auf moderne Aktenschränke und ein Chaos aus Papieren. Es war das Arbeitszimmer von Pauls Eltern.

Kim, Franzi und Marie blieben hinter der Tür stehen und schoben ihre Köpfe um die Ecke. Es war nicht besonders hell, nur ein Handy lag weiß leuchtend in einem Schrank. Daneben stand eine dunkle Gestalt und wühlte in den Unterlagen. Offenbar war sie dabei, das ganze verlassene Haus zu durchsuchen, von den Büchern in der Bibliothek bis hier oben.
Wer war das bloß? Marie holte aufgeregt Luft – und spürte plötzlich ein Kitzeln in der Nase. Hilfe, war die Luft hier trocken von all dem Papier! Sie massierte ihre Nasenflügel und hielt die Luft an, doch sie konnte nichts tun. Ein leiser Nieser, wie das Jaulen einer jungen Katze, entwischte ihr.
Die Gestalt wirbelte herum. Sie trug einen dunklen Anzug wie fast alle Herren und eine Maske mit auffälligem Schachbrettmuster. Blitzschnell zogen sich die Freundinnen tiefer in den Schatten hinter der Tür zurück. Max – bei der Maske musste er es einfach sein! – lauschte noch einen Moment und machte sich dann wieder auf die Suche.
Als Nächstes setzte Max sich an den Schreibtisch, wo er eine Schublade nach der anderen öffnete. Kurz sah er alle Papiere an, die ihm in die Hände fielen. Dabei wurden seine Hände vom Handylicht beleuchtet. Sie waren auffällig braun gebrannt. Plötzlich zitterten seine Finger aufgeregt und ihm entwich ein leises, triumphierendes: »Yes!«
Da war den drei !!! alles klar. »Uncle Sam!«, rief Marie und stürzte mit Kim und Franzi aus ihrem Versteck.

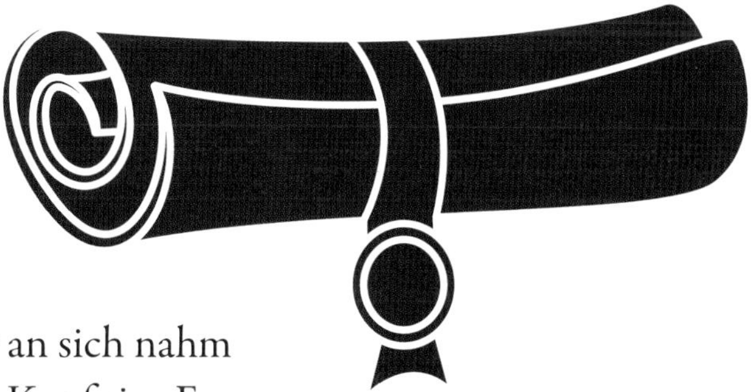

Der Mann war so verdattert, dass er einfach sitzen blieb, während Kim das Papier an sich nahm und Franzi ihm die Maske vom Kopf riss. Es war tatsächlich Pauls Onkel. Unter der schwarz-weißen Maske, die er von Max geliehen haben musste, war er gebräunt wie immer.
»Was soll das? Mensch, ihr habt mich fürchterlich erschreckt!«, rief Uncle Sam.
Die drei !!! drängten sich um das mehrseitige Papier, das Kim ihnen zeigte. »Besitzurkunde«, stand darauf sowie der Name und die Adresse des Ritterguts von Marling.
»Aha«, sagte Kim. »Sie wollten die Besitzurkunde stehlen!«
»Im Ernst?«, fragte Franzi. »Heißt das, Sie wollten so tun, als gehöre das Gut Ihnen, nachdem Sie das Haus angezündet haben?«
Zuerst verschränkte Uncle Sam die Arme vor der Brust und machte ein versteinertes Gesicht. Marie fürchtete schon, er würde einfach alles abstreiten. Doch als Franzi vom Brand sprach, kam plötzlich Leben in ihn.
»Anzünden?«, rief er. »Ich bin doch nicht total verrückt! Reiche Städter zahlen Millionen für so ein Anwesen, wenn ich es erst mal schick renoviert ...« Er stockte, doch es war zu spät. Er hatte sich verplappert.
Während Kim und Franzi das Arbeitszimmer bewachten, holte Marie Familie von Marling. Nun gestand Uncle Sam alles. Obwohl er schon lange in Florida lebte, vermisste er heimlich

das Landleben und das Haus seiner Eltern. Er war voller Neid, dass Jochen als ältester Sohn das Gut geerbt hatte. »Warum er und nicht ich?«, fragte er missmutig.

In den letzten Monaten hatte er viel Kontakt zu Max gehabt und dabei den Streit zwischen ihm und seinen Eltern angefacht. So wollte er erreichen, dass Jochen seinen ältesten Sohn enterbte und stattdessen ihm das Gut überschrieb. Bitter sagte er: »Doch als ich jetzt zu Besuch kam, hat Jochen mir eröffnet, dass er Max niemals enterben wird. Weil er immer noch auf eine Versöhnung hofft. Pah!«

Paul runzelte die Stirn. »Dann hast du dich bei mir nur eingeschleimt? Weil du über mich irgendwie an die Besitzurkunde rankommen wolltest?«

Uncle Sam knurrte etwas und Paul hatte verstanden. Enttäuscht drehte er sich weg. Zu den drei !!! sagte er leise: »Ich dachte, er mag mich wirklich und will mir einen Job in den USA vermitteln. Damit ich unterwegs auf meiner Weltreise ein bisschen Geld verdienen kann.«

Jochen von Marling blickte seinen Bruder entsetzt an. »Eins musst du mir erklären«, sagte er. »Hast du ernsthaft gedacht, wenn du die Besitzurkunde hast, überlassen wir dir das Haus einfach so?«

Sein Bruder lachte bitter. »Deswegen ja der Spuk, die Legende, die roten Figuren im Gemälde. Ich wollte euch so viel Angst machen, dass ihr froh seid, den alten Kasten los zu sein.«

»Niemals!«, sagte Pauls Mutter laut. »Das hier ist unser Zuhause.«
Nun meldete sich Max zu Wort: »Wie hast du das mit der blutroten Farbe eigentlich gemacht? Über Indikatorflüssigkeiten?«
Die drei !!! verstanden nur Bahnhof, aber Uncle Sam nickte. Max erklärte: »Mit einem Indikator bestimmt man die Eigenschaften von anderen Substanzen. Ich vermute mal, Sam hat zu Beginn der Party etwas Testflüssigkeit auf das Haus auf dem Gemälde aufgetragen. Als er dann während der Rede neben meinem Vater stand, musste er nur noch unauffällig etwas ganz Saures daraufstreichen, damit der Indikator reagiert und knallrot wird. Nur was?«
Kim dachte an die Rede von Jochen von Marling zurück und an ihren Schwächeanfall im Keller. »Die Cola!«, rief sie. »Uncle Sam hatte eine Colaglas mit einer Scheibe Zitrone auf dem Rand. Beide sind sauer, richtig?«
Uncle Sam nickte. »Die Zitrone war es«, gab er zu. »Ich gehe dann mal, ja?«
Jochen von Marling nickte mit traurigem Gesicht. »Ja, bitte. Auf Nimmerwiedersehen.« Er sah sehr betrübt aus.
Seine Frau nahm ihn in den Arm. Paul trat dazu und nach kurzem Zögern auch Max. Sein Vater zog die ganze Familie fest an sich.
Kim, Franzi und Marie zogen sich leise zurück. Es war schon fast Mitternacht und sie gesellten sich zu den anderen Gästen, die noch im Hof warteten.

»Die Gefahr ist vorüber«, sagten sie überall herum. »Alles ist gut, die Party kann weitergehen.«
Franzi blickte zum Himmel. Über dem Gut prangte ein kreisrunder, rötlich schimmernder Vollmond. »Oh, schade! Wir haben den Beginn der Mondfinsternis verpasst.«
»Aber wir sehen das Ende«, versprach Marie. Eine Glocke schlug zwölf Mal und Paul ließ ein riesiges Feuerwerk steigen. Rot, blau und golden, grün, gelb und silbern zerplatzten die Raketen am Nachthimmel. Der Vollmond verfärbte sich langsam von blutrot zurück zu strahlend weiß.

»Frohes neues Jahr!«, jubelte Marie und umarmte ihre Freundinnen.
»Frohes neues, Marie!«
»Frohes neues Jahr!« Kim sah ihre Freundinnen geheimnisvoll an. »Mögen die restlichen Raunächte ganz ohne gruselige Ereignisse verlaufen. Keine verfluchten Gemälde, keine Partygäste in Panik und keine habgierigen Onkel mehr!«
Franzi grinste breit und Marie sagte: »Ich glaube, das kriegen wir hin. Wer will tanzen?«

Entdecke die Welt von Kim, Franzi und Marie

Spannende Leseabenteuer

Krimis to go

Hörspiele

Großer Rate- und Partyspaß

Geheimbücher

Kims Tagebücher

diedreiausrufezeichen.de